우리는 조금 더
다정해도 됩니다

무례한 세상을 변화시키는 선한 연결에 대하여

우리는 조금 더
다정해도 됩니다

김민섭 지음

어크로스

일러두기

1   이 책에 실린 글은 저자가 신문과 잡지에 연재한 글을 수정 및
       보완한 것으로, 후일담과 저자의 새로운 견해를 추가하였다.
       또한, 연재 순서가 아닌 주제의 유사성을 고려하여 글을
       정리·배치하였다.

2   이 책에서 때로는 초등학생, 때로는 유치원생이 되는 저자의 자녀
       '김대흔 씨'와 '김린 씨'는 2025년을 기준으로 열두 살, 아홉 살이다.
       두 사람은 글이 집필되거나 수정된 당시의 나이로 등장한다.

프롤로그

이 책은 나의 한 시절이라 할 만한 날들의 기록이다. 2017
년부터 2024년까지 신문과 잡지에 연재한 글들을 다시 손
보아 엮었다. 돌이켜보면, 꾸준히 글을 쓸 지면을 허락받았
다는 건 감사한 일이다. 매달 원고지 10여 매를 마감해야
하는 건 부담되는 일이기도 했으나, 그래서 바쁠 때면 종종
그만둔다고 말하고프기도 했으나, '내가 뭐라고 이런 감사
한 기회를 스스로 놓을 수 있나' 하는 마음이 늘 있었다. 박
사 수료생 시절 내가 썼던 문학 논문의 고정 독자는 세 사
람이었다. 나, 지도교수, 그리고 심사위원. 같이 공부하는
연구자들이 종종 읽었던 것 같기도 하지만 그래봐야 몇 명
에 지나지 않았을 것이다. 그런데 신문에 연재한 글들은 온

라인 발행분까지 감안하면 그 예상 독자가 수십만 명 이상까지도 늘어난다. 가끔 포털 사이트 메인에 나의 글이 올라가는 날엔 여기저기서 연락이 왔다. 너의 글을 잘 읽었고 응원하고 있다고. 물론 가끔 악플도 달렸으나 괜찮았다.

신문이나 잡지와 같은 매체에 글을 쓸 때는 어떤 책임감이 함께한다. 이 한정된 지면은 내가 아니어도 누군가가 채웠을 것인데, 그의 발화 기회를 내가 대신하고 있는 게 아닌가. 사회적인 글을 써야 한다. 그 다짐과는 별개로 7년 동안 쓴 100여 편 넘는 글들은 늘 부끄러움과 함께 발행되었다. 미안한 일이다. 그래도 나름의 의도를 가지고 썼다. 그건 '다정함'이다. 나는 그래도 다정한 인간으로 살아가고자 노력해왔다. 단순히 좋은 사람이나 선한 사람으로 살아가고자 했다는 건 아니다. 나는 그러한 사람이 못 된다. 그러나 다른 사람의 마음이 되어보고자 했다. 2015년 12월에 공부하던 대학에서 나와 몇 권의 책을 쓰는 지금에 이르기까지, 지금의 나에 다다를 수 있었던 건, 나의 처지가 되어 나를 이해해준 여러 사람들 덕분이었다. 그들은 나와 관계가 없는 타인이면서도 나에게 자신이 가진 정을 보냈다. 나의 책을 읽는 데 그치지 않고 내가 하는 여러 일들에 대해 순수한 지지와 응원을 보내왔다. 그건 동정의 행위이면서 정확히 말하자면 다감함과 다정함이었다.

　나는 우리가 조금 더 동정하는 삶을 살아야 한다고 믿는다. 누군가가 나를 동정하고 있다고 하면 유쾌한 일은 아니겠다. 그러나 그건 인간만이 가진 본성이며 나아가 이 사회를 구성하는 기본적인 원리이다. 같을 동(同), 마음 정(情), 누군가와 같은 마음이 되어보는 일을 두고 우리는 동정이라고 말한다. 우리는 타인의 마음이 되어보아야 한다. 그 단순해 보이는 일이 사실 인간의 모든 것이다. 가까운 이들이 아닌 먼 데 있는 이들에게도 그렇다. 나의 가족에게, 애인에게, 친구에게 정을 주는 일만큼 당연하고 쉬운 일이 세상에 없다. 스피노자는 "동정은 우리가 우리와 비슷하다고 느끼는 누군가에게 일어난 불행에 대한 생각이 동반되는 슬픔이다"라고도 말했다. 결국 우리는 나와 닮은 이들을 동정할 수 있는 존재일 것이다. 그러나 우리는 나와 닮은 사람의 범위를 확장시켜 나가야 한다. 나와 관계가 없는 타인에서 나를 발견하고 내가 사랑하는 사람들을 발견할 수 있어야 한다. 그러한 행위가 가능할 때 우리는 비로소 '다정한 존재'가 된다. 누군가는 손해 보는 일이나 참견으로 규정하는 그런 일들이 결국 이 사회를 변화시켜 나간다고 나는 믿는다.

　이 책은 다정함에 대한 나의 기록이다. 교수가 되는 것만이 인생의 목표이던 대학에서의 한 시절을 지나, 그 바깥에서의 나의 삶을 써나가기까지, 다정하게 살아가려 했던 나의 경험과 사유를 담았다. 정확히는 거기에 가까워지고자 했던 한 사람의 모습이 이 책에 담겨 있다.

차례

3부 기억을 다정한 나로 바꾸는 법

1부

다정함이라는
치열한 싸움

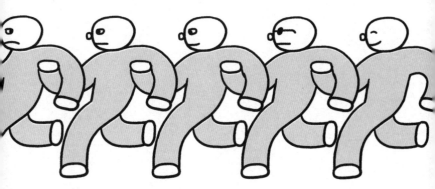

다정함,
무정도 유정도 아닌

《당신이 잘되면 좋겠습니다》(창비교육, 2021)라는 책을 쓴 이후 북토크에서 많이 듣는 말이 있다. 착한 사람으로 살아가는 건 힘든 일이고 항상 손해를 보게 된다는 것이다. 선함은 유약함으로 인식되는 듯하다. 하긴 어린 시절부터 힘이 약한 아이들은 무언가를 잘 빼앗긴다. 싫다고 할 때마다 듣게 되는 말이 "너는 착하니까 괜찮잖아" 하는 것이다. 어른이 된 지금에도 그다지 다르지 않아 보인다. '그것 좀 해줘요' 하는 부당한 요구를 당연히 여기는 누군가들이 있다. 그러나 선한 사람만큼 단단하고 강인한 사람은 없을 것이라고, 그리고 그들만큼 치열하게 분투해나가고 있는 사람들도 없을 것이라고 나는 믿는다.

얼마 전 〈에브리씽 에브리웨어 올 앳 원스〉라는 영화를 봤다. 주인공 부부는 미국에서 세탁소를 한다. 남자는 내향적이고 유약한 성격으로 보인다. 항상 사과하고 중재하고 괜찮다고 말한다. 손님이 맡긴 세탁물에 눈알을 붙여두고는 귀엽다고 웃기도 한다. 여자는 그런 그를 못마땅하게 여긴다. 그들은 어떤 일에 휘말려 한 우주를 구원하기 위한, 사실은 자신의 딸을 구하기 위한 싸움을 시작한다. 여러 우주에 존재하는 다른 자신의 힘을 빌려와 계속 싸워야 한다. 그때 남편은 말한다. "여보, 나에게는 내 싸움의 방식이 있어"라고. 나에게는 이 대사가, 올해의 대사라고, 아니 한 시절의 대사라고 할 만했다. 그는 현실을 회피하며 적당히 살아온 것처럼 보이지만 누구보다도 치열하게 싸워온 사람이었다.

타인에게 분노의 감정을 보내는 일은 쉽다. 화내고 목소리를 높이고 누군가의 마음을 다치게 하는 건 사실 가장 간편한 일이다. 그러나 그것을 잘 눌러 담고 타인을 끌어안는데서부터 자신의 싸움을 시작하는 사람들이 있다. '다정함', 이것은 단단하고 용감한 사람들이 가질 수 있는 덕성이다. 이만큼 어려우며 용기를 필요로 하는 일은 없다. 흔히 말하는 '유약함'과는 가장 반대에 있는 단어가 되어야 한다.

나는 대학원에서 공부하던 시절 1910년대에 발표된 장편소설《무정》을 연구 대상으로 삼았다. 저자 이광수는《유정》이라는 소설도 썼다. 사실 그만큼 무정히 시대를 살아갔던, 아니 민족에 무정했던 이도 없었을 것이다. 그에게 정이라는 것은 어느 한 대상을 향해 있거나 없거나 해야 하는 감각에 지나지 않았을지 모른다. 사실 우리가 아는 그 시대의 많은 작가들이 그러한 무정의 삶을 살았다. 그러나 그러지 않았던 작가도 있다. "잎새에 이는 바람에도 괴로워했"던 어느 시인은, 약한 모든 것에 연민을 가졌고, 그것을 지킬 수 없는 자신을 부끄러워했고, 그러면서도 무정한 한 시대를 자신의 방식으로 걸어가고자 했다.

윤동주는 모든 존재에 자신의 정을 보냈다. 잘 드러나지 않는 모든 약한 존재에게는 더욱 그랬고, 인간이 아닌 것에 이르러서도 그랬다. 그의 삶이란 다정함으로 규정할 수 있지 않을까. 시적 표현이었겠으나 나는 그가 흔들리는 잎새를 보며 실로 가슴 아파했을 것으로 믿는다. 흔한 잎새에서 민족의 아픔을, 무엇도 할 수 없는 자신을 함께 떠올린 그의 다정함은, 그 어두운 제국의 시대에서 얼마나 용감한 것인가.

다시 영화로 돌아오자. 여자 주인공은 남자의 다정함

에 감화된다. 그리고 그와 닮은 싸움을 시작한다. 누군가의 말을 경청하고, 그에게 가장 필요한 것을 건네고, 끝내 그를 안아주는 방식으로 이전보다 더욱 강한 사람이 된다.

'다정함이 우리를 구원할 것이다'라는 말은 공허하지도 않고 유약한 사람들의 전유물도 아니다. 지금 이 시대에 이런 말을 하는, 그러한 삶을 살아가고자 하는 모든 사람들에게 깊은 존경을 보낸다. 세상이 규정한 연약한 선함의 모습은 사실 없다. 당신의 삶의 방향은 잘못되지 않았으니까, 어디선가 같이 걷고 있는 사람들을 바라보며, 그 길을 계속 걸어갈 수 있길 바란다. 무정도 유정도 아닌 다정을 기억하면서 지금처럼 용기 있게.

착한 일이란
무엇인가?

이름이 같은 사람을 찾아 항공권을 양도한 '김민섭 씨 찾기 프로젝트' 이후, 나의 삶에도 많은 변화가 생겼다. 이전보다는 조금 더 타인을 의식하면서 살게 됐다. 90퍼센트에 가까운 수수료를 지불하고 1만 8000원을 환불받느니 차라리 누군가를 행복하게 해주자, 라는 이유로 시작한 별것 아닌 일이지만, 많은 사람들이 대학생 김민섭 씨의 여행을 후원하겠다고 나섰다. 개인적인 일이 의도치 않게 사회적인 일로 확장되는 것을 보면서 두렵기도 하고 설레기도 했다. 사실 나에게 "환불받고 치킨이나 같이 시켜 먹지 뭐하는 거야"라고 말한 사람도 있었다. 그러나 나는 나로 인해 행복한 누군가를 바라보면서, 함께 행복해지고 싶었다. 항공권

을 양도받은 누군가가 즐겁게 여행을 다녀온다면 그 과정을 지켜본 나 역시 가성비 좋은 '소확행'을 누리게 되는 셈이다. 여행을 후원한 여러 개인들 역시, 그로 인해 스스로 행복해지고 싶었을 것이다.

이 프로젝트는 선한 연대, 우리 사회의 '착한 일' 중 하나가 된 듯하다. 그런데 얼마 전부터 '착한 일이란 무엇인가' 하는 물음표가 생겼다. 여기에 답을 하기란 쉽지가 않다. 단순히 누군가를 돕는 행위를 착함으로 규정하기는 어렵다. 우리는 착한 일 코스프레 같은 것을 늘 목도하며 살아가는 한편, 스스로가 행한 착한 일은 잘 인식하지 못한다. 고민 끝에 내가 내린 작은 결론은, 착해지고 싶은 존재는 사회적 존재가 되기를 간절히 바라고 있다는 것이다.

나는 이전에 착한 일이라고 할 수 있을 두 가지의 행위를 강박적으로 지속했다. 하나는 '아동 정기 후원'이었고, 다른 하나는 '헌혈'이었다. 한 달에 3만원씩 특정 아동에게 돈을 보냈고 한 달에 한 번씩 헌혈을 했다. 내가 그것을 시작한 계기보다도 사실 '시기'가 문제였다. 나는 그때 대학원생이었다. 학자금 대출을 갚아나가는 것조차 벅찼고 헌혈을 하러 갈 시간에 논문이나 더 쓰라는 핀잔도 많이 들었다. 인생에서 가장 힘들고 후줄근하다고 할 수 있을 그 시기에, 역설적으로 가장 누군가를 돕고 싶은 심정이 된 것이다. 지금에 와서 돌이켜보면 나는 사회적 존재가 되고 싶었던 것 같다.

밤새 논문을 쓰고 발제 준비를 해도 그것을 마치고 나면 몹시 허무했다. 내가 쓴 글들이 사회적으로 어떤 의미가 있을지에 대해 스스로 답할 수 없었기 때문이다. 물론 그 일이 즐거우니까 버텨낸 것이기는 하지만, 문득 찾아오는 '나는 이 사회에서 무엇으로 존재하고 있는가' 하는 질문에 슬퍼졌다. 그러던 어느 날 헌혈을 하며 나의 피를 바라보던 중, '저 피는 나의 글과는 다르게 누군가에게 쓰이겠구나, 그러니까 저건 사회적인 물건이구나' 하는 감정이 찾아왔다. 아주 오랜만에 나를 사회적 존재로서 자각하게 된 것이다. 그 이후로 대학원을 수료하기까지 70번에 가까운 헌혈을 했다. 정기 후원을 시작할 때의 사정도 비슷했다. 자매결연, 그 '결연'이라는 단어를 소유할 수 있음에 감격했던 것 같다.

착한 일이라는 것은 결국 우리를 사회적으로 연결시킨다. '당신이 잘되면 좋겠습니다'라는 그 마음을 통해 자신이 사회적 존재임을 자각할 수 있는 것이다. 그 행위는 하는 편과 받는 편 모두에게 행복과 만족을 주어야 비로소 지속

될 수 있다. 그 과정을 통해 우리는 사회적 존재임을 자각하고, 가늘고 느슨하지만 결코 끊어지지 않는 연결을 확장시켜 나간다. 그러한 착한 일은 당장은 아니더라도 이 사회의 문화와 제도를 바꾸어나가는 힘이 된다.

어느 아동과 연결되었던 날, 나는 "당신은 왜 후원을 하셨습니까?" 하는 물음에 답해야 했다. 아주 오랜 시간을 고민하고는 "저를 위해 후원합니다" 하는 한 줄을 적었다. 게시판을 살펴보던 나는 몹시 놀랐다. 거의 모든 사람들이 후원의 이유에 "저를 위해서…"라고 적은 것이다. 사실 모두가 외로웠고 사회적 존재가 되고 싶었나 보다. 그날 나는 별로 외롭지 않았다. 아직 "착한 일이란 무엇인가"라는 물음에 대한 답을 제대로 내지는 못했지만, 타인을 상상하는 데서부터 그 일이 시작된다는 것을 알았다. 이 글을 읽는 당신도 사회적 존재로서 외롭지 않기를, 당신과 누군가의 잘됨을 바라며 행복하기를 바란다.

다정한 기술 사회의 도래는
가능할 것이다

얼마 전 나의 서점을 찾은 사람이 말했다. 챗GPT를 잘 활용하면 삶이 편해질 테니 당신도 써보라고. 요즘 그걸 쓰는 사람들이 많다는 이야기는 들었다. 웬만해선 유행을 역행하려 하는 내 주변의 작가들도 한 번쯤 써본 듯하다. 누군가는 내게 챗GPT에게 단편 소설을 쓰게 해봤더니 꽤 그럴듯하게 써서, 사실은 자신보다 잘 쓴 것도 같아서, 그걸 그냥 제출할까 고민했다고도 했다.

내가 아아 그렇군요, 하고 그다지 열없는 반응을 보이자 그는 제가 쓰는 걸 한번 보여드리지요, 하고는 자신의 노트북을 열었다. 그 이후엔 뭔가 신세계가 펼쳐졌다. 나는 그때 글쓰기 8주 차 수업의 커리큘럼을 작성해야 했는

23

데 그가 프롬프트에 "성인을 대상으로 한 8주 차의 글쓰기 강의 계획서를 작성해줘"라고 입력하자 10초 만에 내가 상상했던 모범적인 커리큘럼이 작성되었다. 그가 여러 조건을 넣을 때마다 그것은 정교해져갔다. 장르는 에세이이고, 피드백을 몇 회 차 할 것이고, 계획서 내용을 조금 더 흥미롭게 해달라. 나는 그가 보는 앞에서 GPT4라는 것의 월 구독을 하고 말았다. 그는 만족스러운 표정을 지으며 이제 당신의 삶도 달라질 것이라고, 써보다가 어려운 게 있으면 언제든 연락 달라고 말했다.

그 이후 나는 챗GPT의 도움을 종종 받고 있다. 그렇게 자주 사용하는 것은 아니지만 내가 몇 시간 동안 해야 할 일의 초안을 몇 분 만에 잡아준다. 예를 들면 어느 기준에 맞추어 맞춤법을 봐주거나, 기관에 제출해야 할 형식적인 문서를 70퍼센트 이상 새롭게 바꾸어주거나, 글쓰기에 필요한 사례를 찾아주거나, 하는 것이다. 무언가 고민되는 일이 있을 때 물으면 제법 합리적이고 효율적인 답을 해주기도 한다. 이만하면 내가 지불하는 월 비용으로는 충분한 듯하여 세 달째 구독을 이어가고 있다. 그러나 종종 이러한 마음이 되는 것이다. 과연 괜찮은가, 라는. AI가 이렇게 사람을 대체할 만한 물건이 되어간다면 사람의 쓸모는 무엇이고 내가 공부해온 인문학의 쓸모는 무엇인가.

그러나 더욱 상위 버전의 GPT라든가 어떤 프로그램이 개발된다고 해도 괜찮다. 기술을 활용하고 제어하는 것은 결국 사람이니까, 역설적으로 우리가 좀 더 나은 사람이 되면 그만 아닐까. AI를 활용해 소모적인 일의 시간을 아끼게 된 나는 조금 더 사람답게 살아야겠다고 막연하지만 생각하게 됐다. 어차피 사람이 기계보다 계산을 빨리하거나 정교한 작업을 하는 건 이전보다 더 불가능한 일이 될 것이다. 그렇다면 우리는 어떤 사람이 되어야 할까. 사람으로서의 선택을 잘할 수 있는 사람이 되어야 한다.

나는 다정함이야말로 사람이 가진 고유한 특성이며 이 사회를 지탱시켜온 힘이라고 믿는다. 우리는 아무 관계가 없는 완벽한 타인의 처지에 공감하고 그를 돕기 위해 움직이기도 한다. 합리와 효율뿐 아니라 감정과 관계를 고려해, 사람은 다양한 선택에 이른다. 기계는 문 바깥의 배고픈 형제를 알아보고 음식을 내어준다든지 하는, 누군가의 처지에 공감하는 것만으로 비합리적 선택을 하는 사람의 정답을 도출하지 못한다.

언젠가는 기계가 사람의 글을 대신 써나갈 날이 올지도 모르겠다. 그러나 나는 그 결과물을 보며 계속 수정을 요구할 듯하다. 다정함이라는 조건을 넣어 다시 쓰기를. 타인을 상상하는 일상의 다양한 선택들이 어느 시대를 막론하고 모두를 조금 더 인간다운 삶으로 이끌어나간다. 어떠한 상황에서도 다정함을 잃지 않는 것, 누군가를 인간성을 상실할 극한 상황으로 내몰지 않는 것, 모두 인간만이 할 수 있는 일이다. 다정한 기술 사회의 도래는 가능할 것이다.

제주도 숙소 숙박권을
드립니다

제주도 모 기관에서 강연이 예정돼 있었다. 과거형으로 서술한 것은, 하루 전 취소되었기 때문이다. 태풍 카눈이 한국에 상륙하게 될 날의 저녁 강연이었다. 비행기나 배를 타고 가야 하는 도서 지역의 특성상 가는 사람도, 부른 사람도 걱정이 될 수밖에 없다. 결국 하루 전날 담당자께 전화가 왔다. "작가님이 오시기도 힘들고 가시기도 힘들고, 도민들도 태풍이 오는데 강의를 들으러 오지도 않을 테고, 취소하는 게 좋겠습니다." 어쩔 수 없다. 천재지변으로 인한 일인데 애꿎은 담당자에게 무어라 할 수도 없다. 아무래도 연기하는 게 좋겠다는 그의 목소리가 한층 더 어둡기에 취소하고 내년쯤 일정을 잡아볼까요, 하고 말씀드렸더니, 그럴

까요, 하고 기뻐했다.

강연 당일에 메시지가 왔다. 예약한 숙소에 입실해야 한다는 것이었다. 아, 그래! 1박 2일 일정이니까 숙소를 예약해두었다. 7만 원까지 숙소비 지원이 된다고 해서 강의할 기관 근처에 바다도 보이는 가성비 좋은 비즈니스호텔을 잡았다. 숙소에 전화해서 환불이 되는지 묻자, 당일 환불은 안 된다고 했다. 그러나 태풍으로 인한 것이면 숙박 앱 고객센터에 전화해보라고 덧붙였다.

숙박 앱 업체에 전화해 환불이 되는지 물었다. 태풍 때문에 오지 못하게 된 것이면 비행기가 결항된 것을 서류로 입증하면 가능하다고 했다. 그러나 나는 애초에 비행기 티켓을 끊지 않았다. 표가 많이 남아 있기에 당일 아무것을 예약해 출발하려 했던 것이다. 티켓을 끊은 내역이 없다고 하니 업체에서는 그러면 환불이 불가하다고 했다. 어떻게 해야 하지. 그에게 내 사정을 설명하고 아쉬움이나 원망을 드러낼 수도 있겠다. 그러나 그는 매뉴얼에 따라 일하고 있는 나와 닮은 평범한 사람일 것이다. 어쩔 수 없다. 하루 전이었으면 전액 환불을 받고 취소할 수 있었을 텐데, 늦게 대응한 내 잘못이다. 언제나 치밀하지 못한 나. 괜히 태풍을 핑계 댈 것도 없다. 이런 건 '김민섭 비용' 같은 것이지. 알겠습니다, 하고 전화를 끊었다.

제주도 바다가 보이는 그 호텔 방은 오지 않을 나를 위해 하루 비워져 있을 것이다. 그러면 차라리 누구라도 가서 자는 게 좋지 않은가. 태풍 때문에 하루 더 있게 된 사람이라든가, 여행 갔으나 숙소를 잡지 않은 사람이라든가, 굳이 외박할 일이 없는 제주도민이라든가. 비워져 있는 것보다는 누구라도 가서 자면 그 사람도 나도 행복하지 않겠나. 오후 2시니까 충분히 그런 사람 하나쯤 나타날 것이다.

사회관계망서비스(SNS)에 '제주도 숙소 숙박권을 드립니다'라는 제목의 글을 올렸다. 태풍으로 제주도 강의가 취소되었으니 내가 예약한 숙소에서 누구라도 가서 자면 좋겠다, 먼저 메시지 주신 분께 무상으로 양도하겠다, 라는 내용이었다. 사람들이 댓글을 달았다. "이거, 김민섭 씨 찾기 프로젝트 같은 건가요!" 몇 년 전 일본 후쿠오카 여행을 가려다가 아이의 수술 일정이 잡혀 가지 못하게 됐고, 그때도 환불은 어렵다고 했고, 대신 이름이 같은 사람을 찾아오면 양도하게 해주겠다는 말을 들었다. 며칠 만에 1993년생 김민섭 씨가 나타나 그에게 티켓을 양도한 일이 있다. 그가 졸업 전시 비용이 부족해 휴학하고 일하고 있다는 소식이 알려지자 그의 여행 비용뿐 아니라 졸업 비용을 보태겠다는 사람들이 나타났다. 그때도 이 티켓을 누군가에게 주면 그 사람도 나도 이 티켓의 가격보다는 더 행복하지 않을까, 하는 마음이었다. 그런 마음으로 시작한 일들은 타인에게 연결되고 확장되는 듯하다.

이번에는 여권의 이름이 같아야 한다는 조건 같은 게 없었기에 금방 몇 개의 메시지가 왔다. 그중 가장 빨리 연락이 온, 남편과 함께 여름휴가를 계획했다가 태풍으로 취소했다는 제주도민께 양도되었다. 그가 사례하겠다고 해서 그러면 안 된다고, 대신 저의 책 한 권을 읽어주시는 것으로 충분하다고 답했다.

그런데 그때 메시지가 한 통 또 도착했다. 이미 숙박권이 양도되었으니 양해를 구해야 할 것이다. 그러나 그는 숙박권을 받으려는 사람이 아니었다. 숙박 앱의 고객 서비스 관련 담당자라고 했다. 천재지변으로 인한 숙박 취소인데 환불을 받지 못한다는 것은 말도 안 된다고, 그러니까 전액 환불해 드리겠다는 것이었다. 잠시 고민이 되었다. 7만 원인데. 그러나 누군가에게 무언가를 주었다가 다시 뺏는 건 주지 않느니만 못한 일이다. 그에게 말했다. "이미 양도받기로 한 분이 나타나서 그분에게 양도했습니다. 저는 그분이 거기에서 행복한 하루를 보내는 것으로 충분히 보상받았습니다." 담당자는 잠시 말이 없었다. 그러다가 무언가를 약속했다. "알겠습니다. 저희는 고객 서비스 매뉴얼을 다시 점검하겠습니다. 그리고 언젠가 가족 여행을 가시게 된다면 저에게 연락 주십시오. 그 지역의 좋은 숙소를 잡아드리겠습니다."

태풍으로 행사가 취소되었고 숙소는 환불이 되지 않았으나, 누구와도 싸우지 않았고 누구도 사과하거나 상처받지 않았다. 내가 살아가고자 하는 삶의 태도라는 것은 여기에 닿아 있다. 어떤 일이든 타인을 상상한다면 함께 행복한 이야기를 만들고 확장시킬 수 있다. 당신에게 보낸 작은 다정함이 당신을 돌아 더 크게 퍼져나갈 것이다. 그러한 기대와 믿음이 있기에 우리는 타인에게 다정함을 보낸다.

다정한 경쟁은
가능하다

우리는 모두 경쟁하며 살아간다. 원하든 원치 않든 생존을 위해서 누군가와 경쟁하지 않을 수 없다. 입시부터 취업, 그리고 이후 부의 축적과 그에 따른 지식 계급과 노동 계급으로서의 신분 상승에 이르기까지, 그 구조 안에서 누구도 자유로울 수 없다.

부의 세습은 자연스럽게 이어진다. 어린아이에게 미리 상속해야 할 만큼 부유한 삶만을 말하는 것이 아니다. 평범한 중·고등학교의 일상에서도 그러한 모습은 드러난다. 매일 아침 다려진 교복을 정갈하게 입고 학교에 갈 수 있는 것 역시 그렇다. 고등학교에서 학생부장으로 일하는 친구의 말에 따르면, 교복은 보살핌의 상징이다. 교복을 세탁하고 다림질하는 데도 그를 대리하는 누군가의 돌봄이 필요하고 거기에서 멀어질 수밖에 없는 학생들이 있다. 예를 들면 한부모가정이나 다문화가정, 그리고 자신도 아르바이트를 해서 누군가를 돌보아야 하는 경우. (모두가 그런 것은 아니지만) 구겨진 교복을 자신이 좋아하는 교사와 친구들에게 보여주고 싶지 않은 그들은 체육복을 입고 학교에 간다. 나의 친구는 학생들에게 교복을 입고 와야 한다고 다그치지 않는다. 대신 체육복을 입고 올 수밖에 없는 이유에 대해 다정하게 물어보면 구겨진 교복을 입고 올 수 없었다고 말하는 학생들이 몇몇은 꼭 있다는 것이었다. 그는 그런 아이들의 마음을 읽어주는 것이 자신의 역할이라 믿는다고 했다. 공부만 할 수 있는 학생과 공부도 해야 하는 학생이 내는 결과야 애초에 다를 수밖에 없다. 결국 경쟁을 보조할 수 있는 그 환경이 한 개인과 가문의 위계를 만들어낸다.

능력주의와 공정주의는 우리 사회의 화두가 되었다. 각자에게 주어진 사다리를 남들보다 더 빨리 더 높이 올라야 한다. 그 경쟁에서 사람의 능력과 공정이라는 것은 최고의 가치이자 우리 사회를 지탱하는 보루로 인식된다. 그러한 경쟁의 심화 속에서 우리가 다정함이라는 감각을 떠올리기란 쉽지 않다. 타인은 내가 싸워나가야 할 대상일 뿐이다. 그러나 우리가 계속해서 경쟁해나가야 할 존재라고 할 때, 적어도 그 경쟁의 방식은 보다 다정할 필요가 있다. 최근 〈능력주의, 가장 한국적인 계급 지도〉(장석준·김민섭, 《능력주의, 가장 한국적인 계급 지도/유령들의 패자부활전》, 갈라파고스, 2022)를 쓴 장석준 교수는, 개인에게는 소유인과 지능인으로 환원될 수 없는 다양한 역량과 덕성이 있다고 말한다. 그에 따르면 우리는 개인의 자율성과 다원성을 가진 존재다.

그렇게, 우리는 타인을 향한 우정과 애정을, 그러한 우애로서의 다정함을 유지하며 경쟁할 수 있는 존재다. 이른바 다정한 경쟁이라는 것은 가능하다. 일부러 져준다거나 누군가가 페널티를 받아야 한다는 뜻은 아니다. 다만 승리나 패배가 한 개인의 가치를 결정하지 않는다는 사실을 인식하고 행하는 경쟁은 반드시 다를 것이다. 승자도 패자도 서로를 존중해야 한다. 무엇보다 승자는 겸손해야 하고 패자는 당당해야 한다.

사람의 잘됨이라는 것이 그만의 능력으로 이루어지는 법은 거의 없다. 무수한 운과 조력과 자신의 노력이 바탕이 되어 한 사람의 잘됨은 완성된다. 돌이켜보면 나도 어느 순간마다 개입한 누군가들이 없었다면, 온전한 나의 잘됨을 바라며 후의를 베푼, 그리고 내가 깨끗한 옷을 입고 바깥에 나갈 수 있게 하고 글을 쓸 수 있게 아이들을 돌봐준 그들이 없었다면, 내 인생은 계속 뒷걸음치고 있었을 것이다. 어떤 사람들은 이렇게 말한다. 자신이 노력하지 않았다면 무엇도 되지 않았을 것이라고. 그러나 그 노력에 기여한 사람들이 분명히 있으며, 그 기회를 부여받은 것 역시 누군가의 도움이나 운이 필요한 일이었다. 능력이나 노력은 필요한 것이지만 좋은 태도라는 것은 사람의 잘됨을 지속되고 확장되게 만든다. 내 주변의 좋은 사람들은 말한다. 자신은 운이 좋았을 뿐이며 자신을 도와준 사람들이 아주 많았다고.

우리는 사람의 능력보다도 그 태도에 주목해야 한다. 오히려 능력이 좋은 사람을 찾기는 쉬우나 태도가 다정한 사람을 찾기가 더욱 어려운 시대가 되었다. 자신의 잘됨 앞에서 겸손한 사람, 그리고 자신이 최선을 다한 패배 앞에서 당당한 사람. 그러한 이들이 서로 연결되고 어느 합의에 이를 때, 다정한 경쟁이란 낭만이 아닌 사회를 지탱하는 힘이 될 것이다. 다정한 경쟁이 교육의 화두가 되어야만 한다. 적어도 함께 오르던 사다리에서 누군가 떨어지려 하면 우선 손이라도 잡아주어야 할 게 아닌가.

네가 꿈을 꾼다면
그 시간을 내가 살게

―――――――

내가 초등학생이던 1990년대에도 "너는 꿈이 뭐니?" 하고 묻는 사람이 많았다. 어쩌면 가장 많이 들은 질문인지도 모르겠다. 이에 대한 모범 답안은 대통령, 의사, 변호사, 교사 같은 직업들이었다. 그렇게 답하고 나면 어른들은 대견하다는 듯 머리를 쓰다듬거나 용돈을 주거나 하고 곁에 선 부모님은 흐뭇하게 웃는다. 그 시절의 흔한 풍경이었을 것이다.

나의 꿈은 꽤 오랫동안 변하지 않았다. 되고 싶은 것을 세 개(씩이나) 말해보라는 누군가의 질문에 1)농부 2)어부 3)사냥꾼, 이라고 답한 이후로 꾸준히 그랬다. 모두 기가 막히다는 표정이었고 어느 교사에게는 호된 꾸중을 들은 일도 있다. 거짓말하지 말라고. 그러나 나는 꽤나 진지했다.

지금에 와서 굳이 이유를 찾아보자면 우선 농부가 되어 내가 기른 농작물을 수확하고 싶었고, 어부가 되어 바다라는 미지의 세계에서 엄청난 것을 잡고 싶었고, 무엇보다도 사냥꾼에 이르면 그저 설레는 것이었다. 저 산에 무엇이 있는지는 아무도 모른다. 이 얼마나 매력적인 일인가. 잡을 수 있을지 없을지는 모르지만 잡을 때까지 산에 있으면 된다. 곰이나 호랑이 같은 것을 잡아 산에서 내려갈 것이다. 그래서 사냥꾼이 아니라 포수라고 하는 직업을 가진 사람들의 글을 많이 읽었다. 1990년대에만 해도 그런 이들의 수기가 신문에 연재되기도 했다. 나중에 한국의 산에는 맹수가 거의 멸종했으며 허가를 받아 꿩이나 멧돼지를 잡는 게 고작이라는 것을 알고 국어 교사라든가 작가라든가 하는 상대적으로 현실적인 꿈을 가지게 되긴 했으나, 사실 지금도 나의 꿈은 어부나 사냥꾼에 닿아 있다.

중·고등학교에서 인문학 강연 요청이 종종 들어온다. 학생들이 나에게 가장 많이 하는 질문 중 하나는 '꿈'에 대한 것이다. 저희는 어떤 꿈을 꾸어야 하나요, 하는. 고2 학생이 나에게 따로 찾아와 물었다. "다들 꿈을 가지라고 하고 저도 찾고 싶은데 못 찾겠어요. 어렵고 막막해요. 어떻게 해야 하나요." 우리는 이들에게 꿈을 꾸라고 말한다. 그런 게 없으면 큰일이라도 나는 것처럼. 그러나 그들의 꿈에 대해 말하는 사람들은 대개 그 목적지를 다 정해두고 속도와 방향까지도 통제하고자 하는 이들이다. 내 어린 시절의 모범 답안과 그들이 듣고자 하는 모범 답안은 크게 달라지지 않았을 듯하다. 그러나 그들의 전공까지 정해버리고 입시를 위해 학원으로 내모는 지금의 현실에서, 혹은 형편이 어려워 아르바이트를 하거나 누군가를 돌보아야 할 그들의 몸과 마음에서, 꿈이라는 것이 과연 피어날 수는 있는 것인가.

우리는 청소년에게 우선 꿈을 꿀 시간을 주어야 한다. 어디로 가야 한다고 알려주거나 무엇을 기대하는 것이 아니라, 그들이 온전히 자기 자신에게 어울리는 꿈을 찾을 수 있게 해야 한다. 예를 들면, 그들의 시간을 사는 방법도 있겠다. 너희가 하고 싶은 일을 찾기 위해 고민한다면 그만큼을 시급으로 계산해서 줄게, 최저 시급보다 많이, 라고 하는 것이다. 우리도 누군가가 "그렇게 살아 언제 성공할래?" 하면 반감이 들 뿐이지만 "그렇게 살아서 언제… 이걸로 학원이라도 등록해라" 하고 100만 원을 준다면 그 진심에 감화되고 말 것이다.

내가 이사로 등록된 비영리단체 유스보이스에선 TMI

프로젝트에 참여할 청소년을 매년 모집한다. 말 그대로 '네가 꿈을 꾸기 위해 고민하겠다면 그 시간을 우리가 살게'라고 요약할 수 있는 프로젝트다. 그들은 몇 개월간 각 지역의 지정된 공간에 모여서 서로가 하고 싶은 일들에 대해 구상하고, 아이디어를 나누고, 그것을 실행해보고, 연말에는 모두가 모여 성과 보고회 같은 것도 연다. 앞의 글 〈다정한 경쟁은 가능하다〉에서 말했듯, 누군가는 꿈을 꾸어야 할 시간에 아르바이트를 해야 하고 구겨진 교복이 싫어 체육복을 입고 나가야만 한다. 이런 다정한 프로젝트들이 많아지길 바란다.

　나의 일곱 살 아이의 꿈은 '박병호'라고 한다. 그와 함께 야구장에 갔을 때 KT위즈의 박병호 선수는 두 개의 홈런을 쳤다. 그날 나는 아이를 안고 소리 지르다가 야구장 전광판에 나와 구단으로부터 스카이박스 티켓을 받기도 했다. 그러고 보니 내 어린 시절의 꿈은 '이승엽'이었다. 아버지와 함께 야구장에 갔던 어린 시절, 9회 초 역전 홈런을 치던 그의 모습이 여전히 선명하다. 내가 가졌던 한 시절의 꿈은 이제 아득히 멀어졌다. 아이의 꿈도 아마 그렇게 될 것이다. 그러나 그렇게 꿈을 꿀 시간을 허락받았던 이들은 어디에서 무슨 일을 하든 거기를 자신의 타석으로 만들어낼 수 있지 않을까. 스스로 자신의 태도와 가치를 지켜나갈 기회를 주는 건 결국 그의 꿈을 형태만 다를 뿐 그대로 이어주는 일이 될 것이라 믿는다.

몰래
함께 뛰어요

몇 년 만에 신문에 연재하는 칼럼의 프로필 사진을 바꾸었다. 100일 동안 대략 18킬로그램(82→64킬로그램)을 감량했으니까, 이만하면 사진을 바꾸는 것이 맞다. 어디가 아팠다든가 극단적인 다이어트를 한 것은 아니다. 살이 너무 찐 것 같아 건강이 걱정되어 헬스장을 찾았고 거기에서 다음과 같은 안내를 보았다. '100일 동안 가장 많이 체중을 감량한 사람에게 이러저러한 상품을 줍니다.' 정확히는 지방을 0.1킬로그램 감량하면 +1점, 근육을 0.1킬로그램 증량하면 +1.5점, 하는 식이었다. 동기 부여가 되겠지 싶어서 그 챌린지에 참가했고, 얼마 전 내가 1등을 했다는 연락을 받았다. 근육은 1킬로그램쯤 늘었고 지방은 15킬로그램쯤 빠졌다.

요즘 강의하러 가면 "저어, 사진과 많이 다르신데 다른 분이 오신 거 아닌가요?" 하는 말을 듣기도 한다. 그래서 이러저러한 일이 있었다고 하면 그날의 강의 내용보다는 다이어트 성공기에 다들 관심을 보인다. 어떤 음식을 먹고 어떤 운동을 했는지를 궁금해한다. 소중한 질의응답 시간이 다이어트 간증처럼 되어버리지만 모두가 만족하는 듯하다. 다들 진심으로 묻고 듣는 것 같아서 나도 열심히 그에 답한다. 뭔가 잘못되고 있는 것 같아 담당자를 바라보면 그가 제일 열심히 받아 적고 있다. 그래, 뭐가 됐든 다들 좋아하고 얻어가는 게 있으면 된 거지.

사실 헬스장에는 등록만 해두고 거의 나가지 못했다. 100일 중 10번을 간신히 나간 것 같다. 왜 그랬느냐면 그때가 2020년 봄이었다. 코로나가 확산되었고 그에 따라 헬스장이 몇 주 동안 문을 닫았다. 정부의 집합 금지 정책이 바뀌면서 제한적으로 문을 열기는 했으나 굳이 그 시국에 운동하러 가기가 민망했다. 대신 혼자서 할 수 있는 운동을 고민하다가, 세 가지의 운동을 시작했다. 스쿼트, 계단 오르기, 달리기. 스쿼트는 100일 동안 매일 500개 정도를 했고, 내가 일하고 있는 15층 건물을 계단으로만 매일 10번 정도 오르내렸다. 그리고 달리기, 나는 이 운동을 정말이지 모두에게 권하고 싶다. 아침마다 동네의 공원을 몇 바퀴씩 뛰었다. 처음에는 500미터를 뛰고는 주저앉거나 1킬로미터가 지나면 고통스럽거나 했지만 매일 조금씩 더 뛸 수 있는 몸이 되어갔다. 그러던 어느 순간 나의 몸이 나에게 말을 걸어왔다. 더 뛰어야 한다고 다그치는 것이 아니라 더 뛰려면 어떻게 해야 하는지를 다정하게 말해왔다. 그렇게 나는 나의 몸을 처음으로 돌아보게 되었다. 무엇보다도 5킬로미터를 완주했던 날만큼 나의 몸이 예쁘고 대견해 보인 일이 없었다. 그 100일은 나에게 알맞은 호흡과 보폭을 알아가는 시간이기도 했다. 결국 저마다의 속도와 방식이 있는 것이다. 나는 아직 10킬로미터 이상을 뛸 수는 없을 것 같지만 언젠가는 그 이상의 거리를 뛰고자 할 때 몸과 마음을 다독이는 방법을 알게 될 것이다.

나는 나의 몸이 변화해가는 과정과 조금 더 달릴 수 있게 된 그 모습을 SNS에 공유해나갔다. 그러자 누군가는 "덕분에 저도 달리기를 시작했어요"라고 말했고, 누군가는 "같이 뛰고 싶어요"라고 말했다. 그런 댓글이 조금씩 많아져서, 어느 날 나는 다음과 같이 글을 남겼다. "저는 매주 목요일 저녁 몇 시마다 어디에서 뛰려고 합니다. 같이 뛸 분들은 오셔서 몰래 뛰어주셔도 되고 오기 어려운 분들은 해시태그를 붙여서 함께 뛰었다는 티를 내주시면 감사합니다." 군이 '몰래'라는 단어를 붙인 것은, 코로나라는 시국을 염두에 둔 것이기도 하고, 무엇보다도 느슨한 연결을 지향하고 싶었기 때문이다. 반드시 인사를 하고 자기소개를 하지 않더라도 우리는 서로를 응원하고 위로받을 수 있다.

첫 모임에는 20여 명이 나왔다. 서로 쭈뼛쭈뼛 간신히 인사를 하고, 한강시민공원을 3킬로미터쯤 달리고, 다시 만나지 않을 것처럼 헤어졌지만, 매주 목요일마다 사람들이 모였다. 즐거운 한 시절이었다. 그러나 정부의 집합 금지 정책이 심화되며 그마저도 만나기 어려워진 몇 달이 있었고 내가 강릉으로 이주하며 그 공간에서 만나 뛰는 일은 이제 없게 되었다.

나는 '개인과 사회의 연결'이라는 주제로 글을 쓰고 사람들과 만난다. 달리기든 무엇이든 개인은 자신의 일을 즐겁고 행복하게 해나가며 자신과 닮은 타인을 발견할 수 있다. 이러한 연결이 우리 사회를 지탱시킬 것이다. 한 공간에서 만나지는 않더라도 가급적 목요일 저녁마다 계속 뛰려고 한다. 누군가와 함께, 각자의 자리에서 자신의 속도로, 서로 같은 이유로 같은 일을 하고 있음을 티 내고 감각하면서.

MZ세대라는 용어는
'폭력의 합집합'

고등학생이던 2000년대 초반, 나는 사회적으로 규정되는 첫 경험을 하게 된다. 1980년대생들을 사회적으로 N세대라고 부르기 시작한 것이다. 그 시기의 몇 가지 CF 문구가 떠오른다. "N세대는 물을 먹지 않는다"라는 음료 광고, "N세대의 소통법"이라는 통신사의 문자 요금제 광고 등이. 그 이전까지 '베이비붐세대'라든가 '386세대', 'X세대' 등으로 한 세대가 규정되는 것을 보며 나의 세대 앞에는 어떤 알파벳이 붙을까 괜히 궁금하고 기대되었다. N은 '네트워크', 그러니까 인터넷에 익숙한 세대라는 의미를 가진다고 했다. 그 이후에도 나는 W세대(2002년 월드컵을 경험한 젊은 세대), M세대(2000년 이후 청년이 된 밀레니얼, 모바일에 익숙한 세대) 등

으로 규정되다가, 이제는 MZ세대로 불리기에 이르렀다.

얼마 전 《다정한 개인주의자》(김민희, 메디치미디어, 2022)라는 세대론이 출간되었다. 1970년대생 X세대인 저자는 자신의 세대가 가진 성향을 '다정한 개인주의'로 규정하면서, 자신들이 K컬처의 주역이었다고 말한다. 어린 시절 X세대들에 대한 기억을 떠올려보면 "멋대로 살면 기분이 조크든요" 하고 인터뷰하던 그들이었다. 지금의 젊은 세대가 '힙'을 말하지만 그들만큼 거리에서 힙했던 세대는 아직 보지 못한 듯하다. 물론 보정된 추억이고 왜곡일 수도 있겠으나 실로 개인주의의 태동, 아니 약동이었다고 할 만했다. 저자는 X세대가 기성세대와 MZ세대 사이의 조연처럼 인식되고 있다고 했으나 내가 기억하는 그들은 여전히 강렬하다.

몇 권의 책을 쓰는 동안 다음 책이 무엇이냐는 질문을 들어왔다. 이런저런 주제들이 있으나 가장 쓰고 싶은 책이라고 하면, 1980년대생 세대론이다. 타인들이 N, W, M, MZ 하고 붙인 알파벳이 아니라, '다정한 개인주의자'와 같은 자기 규정을 해보고 싶은 것이다. 게다가 MZ세대로 1980년대 초부터 2000년대 초까지 무려 20여 년을 묶어내는 데 대해서는 이게 뭐하는 짓이냐는 말이 우선 나온다. 여전히 386이라고 명명되었던 그 세대가 헤게모니를 장악

하고 있다. 정치, 사회, 경제, 문화뿐 아니라 담론을 만들어 내는 장에서도 그렇다. 그렇지 않고선 자신들 외의 다음 세대 청년들을 대충, 적당히, 그럭저럭 한 세대로 뭉그러뜨리는 무례한 발상을 하기 어렵다.

언젠가 1990년대생과 MZ세대에 대한 이야기를 나누다가 우리는 서로 다른 종의 인간이라는 데 합의를 보았고 그는 Z세대 안에서도 이건 다분히 폭력적이라는 의견을 내놓았다. 자신의 주변만 보아도 다섯 살 차이로 좋아하는 가수가 다르고 성향이 다르다고, 그래서 이러한 세대 구분은 의미가 없으며, 하려면 제대로 하든가 해야 한다는 것이었다.

결국 MZ세대라는 이 세대론의 용어는 '지금의 청년들이 얼마나 홀대받고 있는가' 하는 것을, 그에 더해 자신들의 세대를 제대로 규정할 수도 없고 대표할 수도 없는 무력한 상황임을 상징한다. 나의 세대인 M세대는 "우리를 20대와 함께 묶어주다니 고맙습니다" 하고 자조의 소재로 삼을 뿐이다. Z세대는 또 어떠한 마음일지 궁금하다.

나는 다음 세대를 함부로 규정하고 싶지 않다. Z세대라고 하는 1990년대생들에 이르러서도 그러하다. 그들이 MZ라는 이 폭력의 합집합을 폐기할 새로운 언어를 만들어내기를 응원하고 싶다. 나는 나와 다른 그들을 쉽게 이해할 수 없으나 적어도 그들 역시 기성세대에게 함부로 규정되고 싶어 하지 않는다는 것쯤은 잘 알겠다. 1975년생 김민희 작가가 자신의 세대를 규정한 것처럼 1983년생인 나도 스스로의 세대를 나의 언어로 규정하고프다. 몇 가지 떠오르는 단어와 표현들은 있으나 당사자로서도 몹시 섬세한 작업이 될 테니 그 언젠가를 기약해야겠다. 다정한 개인주의자라고 하는 X세대가 부디 실제로도 그렇게 다정한 세대로 기억되기를, 나의 세대 역시 그 다정함만은 이어갈 수 있기를 바라며.

야구를 좋아하는
그냥 아저씨가

나는 어린 시절부터 야구를 좋아했다. 주말이면 동네 뒷산인 성미산 약수터에서 친구들과 야구를 했다. 작가도 어린 시절부터의 꿈이기는 했으나 사실은 야구 선수가 되고 싶었다. 리틀야구단에서 배우는 친구들보다 야구도 그럭저럭 잘했다. 그러나 지금의 나는 야구를 TV로만 보고 가끔 야구장에 가서 치맥을 하는, '야구를 좋아하는 그냥 아저씨'가 되었다.

아홉 살 즈음에 어머니께 진지하게 물었다. 야구부가 있는 학교에 진학하고 싶다고. 어머니는 그때 "한 달에 100만 원은 들 텐데 우리는 그런 돈이 없어"라며 역시나 진지하게 답했다. 실제로 그러한지는 알 길이 없으나 1990년대 초반의 100만 원은 정말로 큰돈이었다. 아버지의 월 급여가 그만큼이 안 되었을 게 분명하다. 나는 그 즉시 야구부 입단을 포기했다. 그에 더해 하나의 이유가 더 있었는데, 야구부에 들어가면 야구방망이로 참 많이 맞는다는 이야기를 친구들끼리 많이 나누었던 것이다. 하키부가 있는 인근 고등학교는 하키채로 맞고, 검도부는 죽도로 맞고, 이래저래 운동은 맞아가며 하는 일이라는 것을 모두가 당연히 감각하고 있었다.

나는 야구부 대신 아람단에 들어갔다. 첫 집회가 끝나고 6학년들이 가장 먼저 한 일은 4학년과 5학년을 소집해 기합을 주는 것이었다. 별다른 이유는 없었다. 한참을 엎드려 있거나, 앉았다 일어났다를 반복하거나, 차렷 자세로 서 있거나, 해야 했다. 2박 3일의 극기 훈련을 간다고 하면 그 어린 나이에도 '혼나러 가는구나' 하는 두려움이 항상 있었다. 한번은 나의 담임 교사이기도 했던 아람단 지도 교사가 6학년들이 모두를 모아두고 기합을 주는 장면을 보았다. 나는 그때 구원받은 기분이 되었으나, 그는 곧 6학년들에게 "어허, 적당히 해야지. 너네는 5학년 때 제대로 했어?"와 같은 말을 장난스럽게 하고 사라졌다. 묵인과 방조를 넘어서, 어쩌면 승인하고 권장하는 것이었다. 내가 야만이라 여긴이 폭력은 대한민국에 사는 누구나 겪어야 할 성장 서사인지도 모른다.

언젠가부터 나는 국제 대회에서 좋은 성적을 거둔 선수들을 보면 기쁘면서도 그가 얼마나 고생했을지가 함께 떠올라 슬퍼진다. 즉, 얼마나 많이 맞았을까, 하는 것이다. 조금 더 나아가면 이제 그는 어떠한 지도자가 될까, 하는 걱정도 함께다. 그것이 극히 일부의 이야기는 아니라는 사실을 모두 알고 있다. 나는 선수 육성에 대해 아는 바가 없다. 하지만 좋은 성적을 거두는 데 그러한 방식이 효과적이라 해도, 그렇게 딴 메달이 그 국가의 격을 끌어올리는 것이 아니라는 것은 안다. 예선에서 탈락하든 금메달을 목에 걸든 개인으로서 행복하게 운동한 누군가가 행복하게 웃는 모습이, 사실 그 나라의 진정한 국격일 것이다.

엘리트 체육뿐만 아니라 폭력으로 개인을 통제하고 계발하려 하는 야만이 어디에나 존재한다. 학교, 군대, 회사, 가정, 개인과 개인이 만나 사회를 이루는 모든 곳이 그렇다. 개인은 쉽게 폭력에 굴복하고 거기에 동화되는 나약한 존재지만, 동시에 그에 저항할 수 있는 강인한 존재이기도 하다. 내가 5학년이 되었을 때 6학년이 된 아람단 선배는 모두를 모아두고 "다 엎드려!" 하고 외치다가, 곧 "아니야, 미안하다. 다들 일어나" 하고는 방에서 나갔다. 그는 조직 문화를 바꾸진 못했지만 적어도 그 순간 모두의 마음에 하나의 물음표를 심었다. 6학년이 된 난 "다 엎드려" 하고 말하는 대신, 도망 다녔던 것 같다. 회피는 비겁한 방식이긴 하지만, 나처럼 나약한 인간이 할 수 있는 최선이었다.

　나는 야구를 좋아하는 '그냥 아저씨'일 뿐이지만, 적어도 야구 선수가 될 수 있을 누군가들을 위해 내 주변을 조금은 바꿔나가고 싶다. 특히 선수들의 메달이나 성적보다는 자신을 계발해나가는 그들의 행복한 웃음에서 나 역시 개인의 격을 배우고 국가의 격을 찾고 싶다. 나의 아이가 나처럼 맞는 게 두려워 자신의 꿈에 도전하지 못하는 일은 없으면 한다. 2020년 트라이애슬론 국가 대표 최숙현 씨가 감독과 선배의 가혹 행위로 인해 세상을 떠났다. 고 최숙현 씨의 명복을 빈다. 2024년 배드민턴 국가 대표 안세영 씨의 용기 있는 폭로를 보면, 국가, 협회, 개인이 가하는 부당한 폭력이란 우리 곁에 여전한 듯하다. 적어도 그들을 기억하며 내 자리에서 내가 할 수 있는 일들을 해나가고프다.

응원받을
자격

돌아보면, 나는 나를 응원하는 사람들의 힘으로 잘 살아가고 있는 듯하다. 내가 작가 김민섭으로든, 개인 김민섭으로든 잘되기를 바라는 사람들이 늘 있었다. 그들은 나의 책을 읽은 다음 여기저기에 읽은 티를 내주었고, 내가 하는 일들에 어떤 식으로든 함께해주었다. 콘텐츠 업계 관계자의 말에 따르면, 응원하는 사람 2000명이 있다면 창작자는 어떻게든 살아갈 수 있다고 한다. 작가뿐 아니라 무언가를 만들어내야 하는 모든 개인이 그러할 것이다. 나에게 그런 2000명이 있는지는 사실 잘 모르겠으나 그래도 응원해주는 다정한 당신들 덕분에 여전히 무언가 쓰는 삶을 살아가고 있다.

내가 그간 만난 대부분의 작가들도 자신을 읽어주는 사람의 소중함을 잘 알았다. 언젠가 작가들과 함께 여행 갔다가 그에 대한 이야기를 나눈 일이 있다. D작가는 인스타그램에 자신의 이름이 들어간 해시태그를 팔로우해두고 서평이 올라올 때마다 가서 하트를 누른다. 첫 번째로 누르는 건 민망해서 다른 사람의 반응을 좀 기다린다고 한다. 그때 곁에 있던 S작가는 자신의 서평이 올라온 걸 보고 기뻐서 "읽어주셔서 감사합니다" 하고 댓글을 달았다고 했다. 그러나 "그 독자가 곧 그 글을 삭제했다"며 "함부로 댓글을 달면 안 될 것 같아서 민망해졌다"고 덧붙였다. 거기 있던 모두가 아아, 하는 탄식을 내뱉었다. 서로 얼마나 민망했을 것인가. 내가 아는 많은 작가들이 아침에 일어나면 자신의 이름을 검색해본다. 누군가가 서평이라도 혹시 쓰지 않았을까, 하는 기대감 때문이다.

그러나 응원하는 마음뿐 아니라 응원받는 마음도 중요하다. 타인을 어떠한 마음으로 응원해야 할지도 중요하지만 어떠한 마음으로 그 응원을 받아야 할지 우리는 함께 고민해야 한다.

내가 응원하는 야구팀은 올해(2020년) 창단 첫 포스트시즌에 진출했다. 작년에 친구와 함께 야구장을 찾았던 날,

나와 이름이 같은 선수가 연장 12회 말 끝내기 안타를 쳤고, 나는 그날 그 선수의 유니폼을 샀다. 실로 마법과도 같은 승리였던 것이다. 그 이후로 왠지 마법처럼 지는 날이 많기는 했으나, 야구장을 자주 찾았다.

이 팀의 응원단장 김주일 씨는 마법사처럼 보인다. 창단 이후 계속 하위권을 맴도는 동안 팬도 응원단도 힘들었을 것이다. 내가 야구장을 찾았던 그날도 팀은 지고 있었다. 응원의 목소리도 점점 잦아들었다. 어느 선수의 실수로 점수 차가 더 벌어지자 관중들은 그를 탓하고 그의 이름을 서로 주고받으며 욕했다. 물론 나도 그에 동참하고 있었다. 그때 그는 모두에게 부탁하듯 이렇게 말했다. "여러분, 우리 선수예요. 우리가 응원하지 않으면 누가 응원하겠어요. 격려의 박수를 쳐주세요." 그러고는 "여러분, 지금 우리가 3점 차로 지고 있지만, 3 대 0이 아니라 10 대 7쯤 되었다고 생각해봅시다. 아무것도 아닌 거예요. 안 된다고 못한다고 말고, 긍정적으로 응원합시다!" 하고 말했고, 이 팀의 관중들은 익숙하게 "긍정적으로"라는 말을 따라 했다.

그런데, 그 이후 마치 마법과 같은 일이 일어난 것이다. 실책을 했던 선수가 9회 초에 안타를 쳤고, 팀의 베테랑 선수가 동점 2루타를 치며 경기는 연장으로 넘어갔다. 누구나 홈팀의 역전을 상상하며 흥분하던 그때 그는 말했다.

"여러분, 상대팀은 강팀이에요. 모두 경거망동하지 마시고, 차분하게 응원합시다."

김주일 씨는 응원하는 사람도 응원받는 사람도 너무 들뜨지 않게 분위기를 조율했다.

내가 야구장을 찾는 건 야구보다도 어쩌면 응원할 대상이 필요해서인지도 모르겠다. 어떤 조건 없이 긍정의 마음으로 누군가의 잘됨을 응원하는 일은 중요하다. 그것이 오늘의 승리로 연결되지 않더라도 적어도 그러한 진심이 타인에게, 무엇보다도 자기 자신에게 전해지기 마련이다. 언젠가 모 독자가 나의 책을 읽고 쓴 "이 작가가 잘되면 좋겠다. 그의 잘됨이 우리의 잘됨이 될 수 있다고 믿기 때문이다"라는 서평을 읽었다. 그 순간 한 사람인 그는 내게 2000명이 넘는 의미로 다가왔다. 이런 마음을 가지고 나를 읽는 사람이 있는데 나는 무엇을 써야 하지, 아니 어떻게 살아가야만 하지. 이러한 응원은 나에게 어떠한 태도로 살아가야 할 것인가를 돌아보게 만든다.

나는 나에게 전해진 응원을 어떠한 태도로 받고 있을까. 모두가 크고 작은 응원을 받으며 자신의 지금에 이르렀을 것이다. 마음을 다해 응원해온 존재들이 손을 흔들 때

적어도 정중하고 다정하게 응답해야 한다. 그래야만 계속 응원받을 자격이 있다. 우리는 타인의 다정한 응원으로만 존속할 수 있는 존재이기에 더욱 그렇다.

당신의 도정을
응원하며

가족과 함께 강원 평창에 가서 무언가 자라고 있는 밭을 지나는 길이었다. 저게 뭐지, 하는 마음이 들었는데 아홉 살 아이가 말했다. "아빠, 저거 감자야." 같이 걷던 아내도 감자가 맞다고 확인해주었다.

아이에게 어떻게 아느냐고 물어보니 얼마 전 학교에서 감자를 심었다고 했다. 그는 강릉의 작은 초등학교에 다닌다. 그뿐 아니라 원주에서 거의 평생을 살아온 아내도 감자를 바로 알아보았다. 학교, 군대, 직장 등의 이유로 강원도에서 산 지 20여 년이 되어가면서도 감자싹과 고추싹을 구분 못 하는 나에게 문제가 있는 듯하다.

우리는 2020년에 강릉으로 이주했다. 바다와 가까운

조용한 동네에 산다. 어떤 특별한 이유가 있었던 건 아니다. 일곱 살이 된 아이가 바다를 한 번도 못 보았다며 보고 싶다고 했고, 미안한 마음에 그날 강릉을 찾았고, 너무나 행복한 시간을 보냈고, 그렇게 몇 번이나 바다를 찾다가 아이에게 문득 물었던 것이다. 혹시 바닷가에서 살고 싶으냐고. 그가 좋다고 했고, 아내도 고개를 끄덕였다.

지난달에는 아이 학교에서 가정 통신문이 왔다. 모내기를 해야 하니 학부모들도 모두 와주면 고맙겠다는 것이었다. 급식 지원도 아니고 환경 미화도 아니고 등하교 안전 지킴이도 아니고 모내기라니. 서울 홍대 입구 인근에서 태어나 청소년 시절을 보냈던 나에게는 실로 생소한 단어다. 사람들이 클럽 앞에 모처럼 여럿이 줄을 서 있는 것이나 보았지 논에는 들어가본 기억조차 없었다. 아니, 애초에 학교에서 관리하는 논이 있다는 것부터가 신기했다. 이 학교에서는 아이들의 현장 활동의 일환으로 작은 논과 밭을 운영하고 닭도 키우는 듯했다.

5월 어느 날, 나는 다른 학부모들과 함께 학교 앞의 작은 논으로 들어갔다. 경력이 있는 고학년 부모들이 못줄을 잡았고 나는 아이들에게 모를 나누어 주면서 같이 심었다. 나의 아이는 몇 번 모를 심더니 손을 들고는 교사에게 말했다. "선생님, 저 힘든데 그만하고 싶어요." 전교생 60여 명 중 가장 처음으로 손을 든 것이 그였다. 날이 더웠던 탓인지 웬지 모를 현기증이 몰려왔다. 1학년과 2학년은 두어 줄을 심다가 나가고, 고학년들이 들어왔고, 그들은 익숙한 듯 빠르게 모를 심어나갔고 나중에는 모내기가 끝난 논의 한 자락에서 씨름을 시작했다. 논흙으로 범벅이 된 아이들은 학교 수돗가에 가서 몸을 씻었다.

아이는 내가 평생 해보지 않은 몇 가지 일을 아홉 살 인생에 벌써 경험했다. 모를 심는 일도, 감자를 알아보는 눈도 나보다 모두 빠르다. 숫자를 계산하고 한글을 읽는 속도는 그가 반에서 제일 느린 것 같다. 모내기조차도 전교생 중 가장 빨리 포기했고. 그러나 괜찮다. 그는 모를 내고 감자를 심는 멋진 학교에서 부단히 도정되어 가는 중이다. 가을이 되면 자신이 모를 낸 논에서 추수한, 도정된 쌀을 가지고 학교에서 돌아올 것이다. 그뿐 아니라 그의 친구와 선배들도 그러할 것이다. 그들의 한 시절의 도정을, 그리고 인생의 여정을 응원할 수 있어 감사하다.

여담으로 쓰자면, 스무 살에 강원도의 대학에 진학했을 때, 서울에 있는 친구들이 했던 농담이 그것이었다. "급식에 감자 나왔냐." 나는 그들에게 강원도라고 감자만 먹는

줄 아느냐고 화를 내고 싶었으나 정말로 첫 급식에 감자조림이 나왔던 것을 기억하고는 더욱 짜증이 나고 말았다. 그런 못난 한때가 있었다. 지금은 강원도에서 감자 많이 먹겠다는 말에 이렇게 답하고 있다. "응, 여기는 화폐가 감자야. 화폐 단위도 원이 아니라 '프링'이라고 해. 1프링, 2프링, 다 지갑 대신 프링글스 한 통씩 들고 다닌다." 나도 강원도에서 20여 년 지내는 동안 조금은 더 도정된 사람이 된 듯하다. 그건 한 사람의 성숙을 말한다. 다음에는 아이보다 내가 먼저 감자싹을 알아보아야겠다.

아파트란
무엇인가?

대리운전을 할 때, 신도시의 아파트가 목적지가 되면 걱정
이 찾아왔다. '나가는 길을 잘 찾을 수 있을까' 하는 것이었
다. 요즘의 대단지 아파트는 마치 미로 같아서 한번 들어가
면 쉽게 나오기 어렵다. 내가 심각한 길치인 것을 감안해야
겠으나 나만 그런 것은 아닌 듯하다. 아이의 한글 선생님도
30분 정도 수업에 늦고서 했던 말이 "새로 생긴 아파트에
갔다가 나오는 길을 못 찾아서 한참 헤맸습니다" 하는 것이
었다. 그 복잡해진 길들은 외부와의 단절, 그리고 폐쇄를 선
언한 요즘의 아파트를 그대로 보여준다. 기본 브랜드에 서
브 브랜드를 덧붙이고, 거대한 정문을 세우고, 입주민이 아
닌 사람이 오가는 것을 통제하고, 입주민만 이용 가능한 커

뮤니티 시설을 확장해나간다.

2021년의 뉴스 기사 중 이런 게 있었다. 모 아파트 입주민 대표가 아파트의 놀이터에 놀러온 입주민이 아닌 아이들에게 "남의 아파트 놀이터에 오면 그건 도둑이야"라는 말을 하고 그들을 내쫓았다고 한다. 아니, 어떻게 그럴 수가 있지. 나의 어린 시절, 1990년대를 상상해보면 더욱 그렇다. 그 시기의 놀이터란 어디에 있든 공유의 대상이었다. 오늘은 나의 놀이터, 내일은 너의 놀이터에서, 무궁화 꽃이 피었습니다, 오징어 게임, 술래잡기 같은 것을 하면서 놀았다. 지금 내가 지내는 강릉의 작은 동네도 그렇다. 언덕 위에 작은 초등학교가 있고 수업이 끝난 아이들은 몇 개의 아파트 단지를 지나면서 차례로 거기에 사는 친구네 놀이터에 가서 논다. 아이들의 놀이에는 브랜드도, 분양가도, 어떤 위계나 통제도 없다. '깍두기'라는 누가 가르쳐주지도 않은 문화를 스스로 만들어내면서 모두가 잘 놀았고, 누군가가 엄지손가락을 들고 "무엇 하고 싶은 사람 여기 붙어라"라고 하면 처음 보는 누군가가 그 위에 손을 올리기도 했다. 그렇게 우리는 공간을 공유하며, 타인의 처지를 살피며, 모두가 깐부처럼 놀았다.

나의 어린 시절을 너무 미화한 것 같아 민망하기도 하

지만, 그러한 가능성을 모두가 감각할 수 있었던 것은 분명하다. 이러한 추억을 가진 모두가 그의 발언에 분노했을 것이다. 그러나 단순히 한 입주민 대표만이 가진 천박함으로 규정할 수 있을까. 아파트의 브랜드를 자신의 가치라고 믿는, 그 브랜드를 공유하는 사람들과 선택적으로 연결되고 싶어 하는, 그래서 그 바깥의 타인을 상상하지 않는/못하는 수많은 사람들이 있다. 임대 아파트와 브랜드 아파트의 학급을 따로 나누자고 하거나, 등하교 시간에 아파트에서 학교에 이르는 길을 폐쇄한다거나, 배달 노동자들의 출입을 통제한다거나 하는 일들이 실제로 우리 주변에서 일어나고 있다. 그들에게 아파트의 경비·청소·관리 노동자들은 어떠한 존재일까. 어쩌면 아파트의 시설물처럼 여기고 있는 것은 아닐까.

우리 모두는 타인을 더욱 동정할 필요가 있다. 다른 브랜드를 가진, 특히 연약한 이들을 동정해야 한다. 자신이 갑의 자리에 있다면 더욱 그렇다. 단순히 누군가를 불쌍하고 안쓰럽게 여겨야 한다거나 무조건 자선을 베풀어야 한다는 말이 아니다. 동정은 같은(同) 정(情)을 가져야 한다는, 타인의 처지에서 사유하고 행동해야 한다는 뜻이다. 타인에 대한 이해와 다정함은 거기에서부터 생겨난다.

우리는 이제 '아파트란 무엇인가'라는 질문을 새롭게 던져야 한다. 이 단어 하나로 한 시대의 욕망을 모두 설명할수 있을 만큼 너무나 중요한 것이 되었기 때문이다. 투자의대상으로 살피는 것도 물론 필요하겠으나 그 공간에서 우리는 어떠한 사람이 되어가는가를 살펴야 한다. 우리가 나와 닮은 사람의 범위를 지나치게 축소시키는 것은 아닌지,단절과 폐쇄의 가치를 지향하게 된 것은 아닌지, 나와 브랜드가 다른 타인을 상상하는 방식을 잃어가고 있는 것은 아닌지 돌아보아야 한다. 아파트에 살아가는 사람뿐 아니라아파트를 욕망하는 모두가 이제는 그래야 한다.

자소서 관리 총력전에
희미해진 배움의 이유

얼마 전 나의 강연을 들었다고 하는 분께 전화를 받았다. 그는 나에게 자녀의 대입 자기소개서를 첨삭해줄 수 있을지를 물었다. 사실 이러한 요청은 이전에도 한 번 받았고 가끔은 이보다 더욱 특별한 일도 일어난다.

나는 그에게 "죄송하지만 제가 요즘 글을 쓸 시간도 부족해서요. 그리고 제가 중등교육의 전문가도 아니니 그런 일을 잘하는 분들을 찾아보시면 어떨까요?" 하고 물었다. 그러나 그는 대치동이라든가 하는 데서 이미 정보를 많이 얻었고 첨삭도 받았지만, 그러면 너무 '관리'를 받은 티가 나니까 나에게 한 번 더 관리를 받고 싶었던 것이라고 했다. 내가 다시 한번 어렵겠다고 하자 그는 대한민국의 엄마로서 살아가는 것이 참 어렵다면서 작가님도 아이가 크면 느끼게 될 것이라고 했다. 나는 잠시 고민하다가 아이를 대학에 보낼 생각이 별로 없다고, 답하고 말았다. 이것은 진심이었다.

사실 정말로 잘 이해가 되지 않는 것이다. 왜 아이의 자기소개서에, 그의 인생에 관리가 필요한지. 많은 이들이 어떻게든 아이를 명문대에 보내고 싶어 한다. 위법과 편법의 범위를 넘나들면서 법이 허락하는 그 테두리 안에서 모든 것을 한다. 특히 당사자가 아닌 그 부모들이, 혹은 한 가문이 총력전을 기울여서 한 개인을 '관리'한다. 그러나 나는 아이가 입시를 치를 나이가 된다고 해도 굳이 그러한 세계에 아이와 함께 들어가고 싶지 않다. 아이도, 나도 행복하지 않을 것으로 믿기 때문이다. 그것으로 아이가 조금 더 좋은 대학에 가게 된다고 해도 나는 아이의 발목을 잡고 말리고 싶다. ○○아, 지금 네가 하고 싶은 것을 하면서 행복하게 살아, 하고. 그가 공부하며 행복하다면 물론 공부를 선택하기를 바란다. 본인의 삶을 책임지겠다는 확신이 있다면 아무래도 괜찮다. 그 무엇이든 결국 온전히 그에게 달린 것이다.

그러나 대한민국이 과연 무엇을 선택한다고 해도 개인이 행복할 수 있는 곳인가는 잘 모르겠다. 유치원생인 나의 아이는 일주일에 한 번 수영 학원을 다니고 있는데 거기에서도 모든 아이들의 수영모 색깔이 다르다. 태권도복의 띠가 흰색부터 검은색까지 다양한 것처럼 그들의 레벨에 따라 그 색을 다르게 해둔 것이다. 부모들이 수영장 카페테리아에 앉아 통유리 너머로 지켜보는 가운데 아이들은 저마다 다른 색 수영모를 쓰고 강습을 받는다. 수영모의 색이 달라질 때마다 강습 교사에게 선물을 해야 하는 건 너무나 당연한 일이라고도 한다. 아이들의 행복을 위해 보내는 모든 공간에 저마다의 색과 숫자가 있고, 그 구조 안에서 자연스럽게 부모와 아이가 함께 타인과 경쟁하게 된다.

학부모와 교사, 특히 자신을 닮은 학생들에게 보내는 자신의 교육론을 쓴 고등학생, 《삼파장 형광등 아래서》(정미소, 2019)의 노정석 작가는 이렇게 말한다. "만약 우리의 인생에서 어떤 숫자가 우리의 행복에 크나큰 영향을 끼친다면, 그것은 어젯밤 전투에서 죽은 전사자의 수, 오늘 일어난 자동차 추돌사고의 사망자, 테러 희생자 같은 것이 되어야 마땅하다." 그에 따르면 숫자는 입시 제도가 만들어낸 허영이고 가짜 행복일 뿐이다. 건강한 공부라는 것은 더 배우고자 하는 개인의 욕구에서 나온다. 부모도, 학교도, 사회도, 자녀와 학생 그리고 젊은 세대들이 배움에 대한 욕구를 스스로 가질 수 있게 그 기반을 조성해야 한다. 그러나 그것이 지금처럼 그들을 경쟁과 관리에 매몰시키는 방식이어서는 안 된다.

나에게 전화한 학부모에게 나는 자소서를 볼 만한 여유는 없다고 답했다. 첨삭 비용을 얼마나 준비했는지 궁금하기는 했으나 묻지는 않았다. 그래도 작은 조언이라 할 만한 것을 하나 보탰다. "교수도 대학에서 공부하는 사람입니다. 그들이 가장 기뻐하는 일은 누군가가 자신의 논문을 읽어주는 일입니다. 자녀 분께서 면접을 볼 때 그들의 최근 논문의 제목과 초록을 읽고 들어가서 읽은 티만 내도, 가장 인상적인 학생으로 남을 것입니다"라고 말해주었다.

대치동 전문가들도 이러한 말을 해주었을지, 아니면 입시 면접과는 관계없는 대학에서 오래 공부한 사람이 가지고 있는 환상일지, 나는 잘 모르겠다. 다만 그의 아이가 자신의 삶의 서사를 자신이 선택하고 소개하며 살아갈 수 있으면 한다. 경쟁과 관리라는 단어에서 자유로워질 수 있기를 바란다. 그러면 성공하든 실패하든 자신이 누구인지 더욱 명확히 알게 되고 그로 인해 행복해질 것이다. 자기 자신을 알아가는 것만큼 큰 행복은 없다. 우리가 공부하는 이유도 거기에 있을 것이다.

글과 닮은,
좋은 사람이 되고 싶다

―――――――

최근에 큰 규모의 강연을 기획하면서 업체-작가 사이에서 한 달 넘게 서로의 일정과 내용을 조율한 일이 있다. 대학원생 조교 시절에 학회라든가 세미나라든가 하는 것들의 실무를 담당해보기는 했지만 이러한 사회적 경험은 사실 처음이었다. 업체에서는 이런저런 요청을, 사실은 요구라고 할 만한 것을 계속해왔다. 섭외한 작가들은 대개는 내가 알고 있거나, 글을 좋아하고 존경하거나, 이것을 핑계로 꼭 연락해보고 싶었거나 하는 이들이었다. 그들에게 미안하고 죄송해 차마 연락을 하지 못하고 어떻게 해보려다가 상황이 악화되는 그러한 일이 반복되었다.

불쾌감을 표시하며 빠지겠다고 선언한 작가도 있었다.

몹시 미안하기도 하고 무엇보다도 나의 실수로 관계가 단절되는 게 아닐까 싶어서 한동안 아무 일을 하지 못했다. 아마 내가 그랬다고 해도 '이건 많이 무례한 일이잖아요'라는 감정을 가졌을 것이다. 그런데 몇몇 작가들은 다른 의미로 나에게 충격을 주었다. 오히려 자신은 아무래도 괜찮다며 나를 걱정해주는 것이었다. 나는 그들이 무척 바쁘다는 것을 잘 알고 있었다. 겨우 며칠을 앞두고 강연 내용이나 일정이 변경되는 것은 그들의 삶에 직접적인 영향을 미치게 된다. 그럼에도 그들은 괜찮다고 말했다. 내가 요청하는 여러 서류들도 자신의 시간을 내어 빠르게 보내주었다.

특히 나와 나이가 비슷한 모 시인은 다음과 같은 답신을 보내왔다. "기업과 일하는 무게에 시인과 일하는 무게를 함께 얹어 죄송합니다"라는 것이었다. 이건 마치, 그가 쓰고 있는 시와 같은 말이었다. 덕분에 나는 그 문구를 붙잡고 당시의 짓눌림에서 벗어날 수 있었다. 정말로 일주일쯤은 힘들 때마다 그 문자를 열어보았던 것 같다. 강연이 취소되었음을 알리는 나에게 "괜찮아요, 당신에게 도움이 될 수 있으면 좋겠다고 생각해서 한 일이에요"라거나 "요즘 강연을 줄여가고 있는데 오히려 좋은 소식이네요"라고 답한 작가들도 있었다. 그들은 자신의 일을 기초로 타인의 처지를 사유할 줄 알았고, 자신을 단단하게 지켜내면서 타인의 삶을 보듬어낼 줄을 알았다. 이게 얼마나 어려운 일인지 나는 안다. 책이 조금만 더 팔려도, 강의가 많아져도, 그래서 삶이 경제적으로 조금만 나아져도, 사람은 변한다. 자신의 삶의 환경이나 처지가 달라져도 변함없이 사람을 존중하고 자신이 옳다고 여기는 삶의 태도와 가치를 지켜나가는 일. 나로서는 매일 나를 다잡아야만 간신히 할 수 있다.

나에게도 강연을 요청하는 연락들이 종종 온다. 학교, 도서관, 여러 시설, 기업, 독서 모임 등이다. 수십 명의 독자들과 만나게 되는 것과는 별개로 그 담당자들과 몇 번의 연락을 주고받게 된다. 나는 바쁘다는 핑계로 그들이 요청하는 강사 카드라든가 강의 계획서라든가 강의 자료라든가 하는 것들을 종종 빼먹곤 했다. 분명히 일정에 기록해두기는 하는데 꼭 한두 개씩 잊게 되기도 하고, 그러면 "정말 죄송하지만 혹시 언제 답신을 주실 수 있을까요" 하는 메일을 받고서야 "오늘까지 보내겠습니다. 죄송합니다" 하고 답하는 것이다. 내가 그 입장이 되어보니 요청한 것을 받지 못하면서도 '죄송'의 수사를 사용해야 하는 그 심정이 얼마나 답답할 것인가, 이제야 이해가 된다. 나처럼 여러모로 부족한 사람은 그 처지가 되어보고서야 자신을 기초로 누군가를 상상해내게 된다. 항상 누군가에게 상처와 번거로움을 전하고서야 조금씩 배워가는 것 같아 그저 죄송할 뿐이다.

며칠 전 모 주간지에서 원고를 요청하고는 3주 동안 세 번에 걸쳐 게재 지연을 알리는 연락이 왔다. 담당 기자께서 "양치기 소년이 되어 죄송합니다"라는 문자를 보내오셔서, 그의 마음이야 오죽하겠나 싶어서 "담당자만큼 마음 힘든 사람이 어디 있나요. 무게를 덜어드려야 하는데 원고라도 제때 보내겠습니다" 하고 답신을 보냈다. 물론 그 시인의 문자를 표절한 것이다. 평소였다면 "네, 알겠습니다" 하고 답하는 게 고작이었을 것이다.

내가 더욱 사랑하게 된 몇몇 작가들은, 결국 자신의 글과 삶을 일치시키며 살아가고 있었다. 글을 닮은 언어와 행동을 타인에게 보낼 줄을 알았다. 아마 그들도 부단히 노력하고 있을 것이다. 다정한 삶을 살기 위해. 나는 글로써라도 나의 삶을 견인해내기 위한 노력을 계속해야겠다. 글과 닮은, 좋은 사람이 되고 싶다.

우리는 세월을 기억하고
그리는 존재다

며칠 전 카드 결제를 하고 서명을 하는 동안 점원이 나에게 "혹시 의미가 있는 서명인가요?" 하고 물었다. 나는 3년째 같은 서명을 해왔다. 내심 누군가 물어봐주지 않을까 했는데 그게 어제였다. 마음 같아서는 "물어봐주셔서 정말 고마워요, 이건 말이죠" 하고 그에게 답하고 싶었다. 하지만 무어라 답해야 할지 당황스러웠다.

함께 온 친구는 "의미는 무슨, 그냥 성의가 없는 거죠" 하고 웃었다. 나는 잠시 고민하다가 "저 그게, 추모의 의미입니다" 하고 답했다. 누구나 아는 리본 모양의 간단한 선, 아무런 의미도 성의도 없어 보일지 모르지만 나는 어느 날부터 그것을 일상으로 가져왔다. 천 일에 가까운 시간 동안,

하루에도 몇 번씩 계속해서 리본을 그렸다. 내가 어디에서 무엇을 결제하든 그 서명은 하나의 세월로 전송되었다.

우리는 백화점에서, 편의점에서, 음식점에서, 여러 익숙한 공간에서 물건과 서비스를 구매하기 위해 신용카드를 꺼낸다. 그러고는 펜을 들고 서명을 한다. 하지만 숨 쉬고 살아가는 존재임을 증명하기 위해 하루에도 몇 번씩 반복해야 하는 이 행위에, 그 어떤 의미나 성의를 부여하지 않는다. 선을 긋거나, 동그라미를 만들거나, 아니면 하트를 그리기도 하고, 가끔은 점원이 그 작업을 대신하기도 한다. 나도 오랫동안 그래 왔다. 다만 어느 잊고 싶지 않은 재난을 목도하고서야 일상의 가장 흔한 행위에 아주 작은 의미를 부여하기로 마음먹었다.

어느 날은 한 번, 다른 어느 날에는 열 번, 그렇게 수천 개의 리본을 그리는 동안 그것이 추모인지 무슨 의미인지 나도 잊었다. 이제는 습관이 되어 그렇게 할 뿐이다.

추모를 위한 행위라는 나의 말에 친구는 '헐', 하고는 나를 바라보았고 점원도 비슷한 표정을 지었다. 그러더니 나에게 영수증을 건네며 "앞으로는 저도 이 서명을 사용하겠습니다"라고 했다. 친구는 "저도 그래야겠어요"라고 했다. 그들은 리본을 그려온 나의 세월을 비웃지 않았고 오히려 같은 세월을 함께할 것을 선언했다. 나는 그들의 옷깃이나 가방에 리본이라도 하나씩 달아주고 싶은, 그런 심정이 되었다.

가장 익숙한 일상을 나는 조금은 더 소중히 대하고 싶다. 어느 소박한 의미를 담아내고 싶다. 리본으로든 그 무엇으로든, 추모가 되든 그 무엇이 되든, 우리는 그렇게 하나의 세월을 기억하고 그리는 존재가 될 수 있다.

당신도 꿈이
없으신가요?

김동식 작가가 《회색 인간》(요다, 2017)이라는 문제적인 소설집을 출간한 지도 벌써 1년이 다 되어간다. 원래는 '복날은간다'라는 필명으로 인터넷 게시판에 단편 소설을 쓰던 작가였다. 1년 반 동안 무려 300편 넘게 썼다. 그의 독자이자 팬이었던 나는 출판사에 그를 소개했고, 요청을 받아 단행본의 기획에도 참여했다. 그래서 요즘에도 나에게 "김동식 작가 강의 요청 좀 드리려고 하는데, 매니저 맞으시죠?" 하는 연락이 종종 온다. 나름대로 즐거운 오해다. 그는 요즘 중·고등학교에서 초대를 많이 받고 있다. 그의 책을 읽은 학생들이 자연스럽게 토론하고 "다음 책은 언제 나오나요?" 하고 교사와 부모에게 묻는다고 한다.

얼마 전 만난 김동식 작가에게 학교에서 가장 많이 듣는 질문이 무엇이냐고 물어보니까, 그는 교사들에게 다음과 같은 요청을 자주 받는다고 했다. "우리 학교 학생들은 꿈이 참 없는데요, 학생들이 꿈을 가질 수 있게 한 말씀 부탁드립니다"라는. 글쓰기를 배운 적이 없는 한 사람이, 그저 댓글을 받는 게 좋다는 이유로 하루에 한 편씩 단편 소설을 썼다. 그것이 책으로 출간되어 '오늘의 작가상' 최종심에 오를 만큼 2018년 상반기 내내 주목을 받았다. 그리고 지금도 3일에 한 편씩 신작을 쓰면서 전업 작가로 살아가고 있다. 그는 어쩌면 모두의 꿈에 가장 근접한 인물이겠다. 그런데 나는 그 질문에 답한 김동식 작가를, 어느 중학생이 올린 인스타그램 동영상에서 본 일이 있다. 영상 속의 그는 학생들을 향해 "꿈이 없는 게 죄는 아니잖아요"라고 말한다. 잠시 조용해졌던 강당은, 곧 모든 중학생들의 박수와 환호성으로 가득 찬다.

나는 사실 "꿈이 없는 게 죄는 아니잖아요"라고 공개적으로 말하는 사람을 처음 보았다. 꿈은 반드시 가져야 하는 것이라고 아주 어린 시절부터 훈육받아왔고, 누군가 꿈을 물었을 때 멋진 대답을 하지 못하면 죄인이 된 심정이 되고 말았다. 없다고는 차마 대답하지 못하고 무어라도 준비해야 했다. 스무 살 무렵에는 어느 친구가 "꿈이 없어도 괜찮지 않을까? 난 없지만 언젠간 생길 거라고 믿어"라고 말하는 것을 들었다. 그때 그가 괜찮은 걸까 걱정이 되었는데, 그가 정말 용기 있고 멋있는 사람임을 많은 시간이 흐르고서야 알았다. 정작 용기가 없는 사람은 나였다.

물론 꿈을 갖는 것은 소중한 일이다. 김동식 작가 역시 꿈을 가지는 건 중요하다고 이어 말한다. 그러나 그에 더해, "제가 뭐라고 타인의 꿈에 개입하겠어요. 그건 강요해서는 안 되는 거예요. 그런데 미래를 위해서 현재를 포기하지는 마세요. 저는 여러분이 나중이 아니라 지금 즐거우면 좋겠어요"라고 덧붙인다. 나는 같이 간 강연에서 이렇게 답하는 것을 정말로 들었는데, 이 답에 그를 바라보던 교사들이 진심으로 박수를 보내는 것을 보았다. 그를 보는 눈은 포장된 예쁜 것을 보는 게 아니라 전에 없던 진실된 무언가를 보는 듯하다.

꿈, 열정, 노력. 이러한 단어들은 주로 기성세대로부터 청년 세대에게 전달된다. 서른이 넘은 나는 이제 그것을 다음 세대에게 돌려줄 나이가 된 것 같다. 그러나 그러는 대신 그 아픔에 공감하고 그들이 조금은 자신을 덜 아파할 수 있게 이 사회의 문화나 제도를 바꾸는 데 한 줄을 보태고 싶다. 사실 꿈을 가져야 하고 열정이나 노력은 그 꿈을 이루기 위해 반드시 필요하다고 말하는 이들 중, 실제로 어린 시절부터 진정한 꿈이 있었고 그것을 이룬 사람은 얼마나 될까. 나는 거의 없다고 믿는다. 대신 꿈을 이룬 사람일수록 타인의 꿈에 관여하지 않는다. 그를 응원하며 지켜보는 일이 더 많다. 내 주변의 존경할 만한 이들이 대개 그렇다.

다섯 살이 된 나의 아이는 벌써부터 온갖 체험을 나간다. 입학을 앞두고 주변의 유치원에서 보내온 커리큘럼을 보면, 숲 체험·농장 체험·소방관 체험 등 그 종류도 무척 다양하다. 초등학생이나 중·고등학생들도 직업 체험 수행 평가를 위해 여러 직업군을 찾아 인터뷰나 일일 아르바이트를 한다. 카페를 겸하는 모 문화 공간의 대표는 초·중등 학생들이 직업 체험을 위해 찾아오는 일이 너무 많아졌다고, 와서 커피 만드는 과정을 지켜보거나 사진을 찍거나 하는데 사실 조금은 번거롭다고 나에게 말하기도 했다. 우리는 어쩌면 아이들에게 너무 일찍 미래를 상상하고 거기에 힘을 쏟기를 강요하고 있는지도 모르겠다. "꿈이 없는 게 죄는 아니잖아요"라는 김동식 작가의 말에 쏟아져 나온 환호성은, 그들이 얼마나 꿈에 짓눌려 있었는지를 보여준다. 꿈을 가지는 건 필요한 일이겠으나, 그게 반드시 사회가 원하는 미래를 갈구하고 체험하는 방식은 아닐 것이다. 차라리 현재에 충실한 삶이 더 나은 미래를 만들어낼 수 있지 않을까.

현재를 포기하고 미래에 행복할 수 있는 인간은 없는 법이다. 현재에 행복할 수 있는 한 인간은 언제든 행복할 수 있고, 미래에만 행복할 수 있는 인간은 미래에도 행복해질 수 없다. 서른이 넘어 자신이 좋아하는 일을 찾았다는 모 작가처럼, 당신이 현재에 충실하며 미래를 꿈꿀 수 있기를 바란다.

적당한 말이 주는
폭력에 대하여

대리운전을 하다가 손님의 차를 긁었다. 폭이 그다지 넓지 않은 기계식 주차장에서 차를 빼다가 그렇게 됐다. 아무래도 조수석의 사이드 미러가 긁힌 것 같았다. 손님, 그러니까 차의 주인은 이거 어쩌지, 하는 한숨을 쉬면서 창문을 열어 긁힌 데를 살폈다. 사실은 그가 "여기 괜찮아요"라고 말했고 그래서 엑셀을 밟은 것이었다. 무언가 억울하기도 했으나 나는 죄인이 되어 "죄송합니다"라는 말을 반복했다.

손님은 나에게 어두운 표정으로 "조금 긁힌 것 같네요"라고 말했다. 그러고는 목적지로 가는 동안 아무 말이 없었다. 그 어느 때보다도 불편한 타인의 운전석이었다. 여러 감정들이 복잡하게 교차했다. 우선은 나의 미숙함으로 소중한 차에 흠집을 냈으니 미안했고, 그러면서도 외제차가 아니라는 데 안도했다. 나는 왜 고작 1만 2000원을 벌자고 이 밤에 나와서 배보다 배꼽이 더 큰 손해를 보고 있나 싶어 자괴감이 들기도 했다.

그런데 손님의 그 '조금'이라는 단어가 마음에 걸렸다. 저 사람의 조금은 과연 어느 정도인지 도무지 가늠할 수가 없었던 것이다.

뭐 괜찮네요, 하고 웃고 지나갈 수 있겠다는 것인지 아니면 도색비를 어느 정도 받겠다는 것인지, 아예 보험 처리 절차를 제대로 밟겠다는 것인지 답답했다. 그렇다고 대놓고 "당신의 조금은 얼마입니까?"라고 물어볼 수도 없었다. 괜히 그의 심기를 건드릴 것 같아서 묵묵히 내비게이션을 보면서 운전만 했다.

주차장에 차를 대고 내려서는 손님과 함께 사이드 미러를 살펴보았다. 거뭇한 자국이 손톱 크기만큼 묻어 있었다. 과연, 조금이라면 조금이라고 할 수 있는 정도였다. 손님은 손가락으로 흠집을 몇 번 문질러보았고 그에 따라 자국이 조금씩 지워졌다. 그는 잠시 고민하다가 나에게 "그냥 가세요…"라고 했다. 나는 그에게 "죄송합니다"라는 말을 하고는 빠르게 거기에서 나왔다. 보험 처리를 원하면 연락을 달라고 하거나 하다못해 감사의 인사라도 정중하게 했어야 하지만, 그의 마음이 바뀔까 두려웠다. 나약한 한 인간은 도망치듯 빠져나왔다.

심호흡을 하며 걷는 동안 처음으로 '조금'이라는 적당한 말이 주는 폭력에 대해 상상했다. 그러고 보면 나도 그 모호한 부사를 습관처럼 자주 써왔다.

"설탕은 조금만 넣어주세요", "조금 후에 갈게요" 하는 일상의 언어. 그러나 그것이 갑과 을의 관계에서 유통될 때는 을의 자리에 있는 이를 불안하게 하는 것이다. 갑이 을에게 "조금 생각해보자", "이건 조금 마음에 안 드는데"라고 할 때의 '조금'은 우리가 아는 조금이 아니다. '적당히', '많이', '잘'과 같은 언어들이 모두 그렇다. 갑의 자리에서 하고 을의 자리에서 듣는 모호한 언어는 폭력이 된다.

그날 이후, 나와 타인을 위해 '조금'은 더 조심히 운전하고 있다. 그에 더해 말조심은 갑의 자리에 있을 때 오히려 더욱 해야 하는 것임을 알았다.

모호한 언어뿐 아니라 헛기침이나 하품과 같은 몸짓에도 누군가는 상처받는다. 별다른 의미가 없었다고 해도 거기에서 감정을 읽어내고 아파하는 이들이 있다.

자신의 언어를 가지고 발화할 수 있는 편안한 자리에서

우리는 가장 불편하게 존재해야 한다. 내가 선택한 단어가, 몸짓이, 아니면 그 무엇이 타인에게 불필요한 두려움을 줄 수 있기 때문이다. 굳이 규정하자면, 그것은 일상화된 '갑질'이다. 내가 편안하다면 누군가는 불편하다.

오늘도 어느 사장님이, 연예인이, 재벌 3세가 '갑질'을 했다는 뉴스가 들려오고, 우리는 거기에 분노한다. 그러나 나도 그렇듯 정작 스스로 행하는 일상의 갑질에는 관대하다.

그것이 훨씬 우리의 삶을 위험하게 함에도 불구하고 그렇다. 나는 타인의 운전석에 앉아본 경험을 한 이제야, 타인을 향한 나의 언어와 몸짓을 되돌아보기로 한다.

2부

당신의 자리에
서봅니다

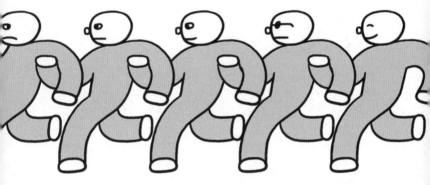

다감함과
다정함의 차이

우리를 인간이게 하는 변치 않는 가치가 있다고 하면 그건 아마도 '동정'일 것이다. 언뜻 나쁜 단어처럼도 들리지만 여러 학자들이 인간만이 가진 본성일 것이라고 말해온, 그리고 이 사회를 구성하는 기본적인 원리라고 말해온 가치다. 쉽게 말해 한자로 같을 동과 뜻 정을 사용하는데, 타인과 같은 정이 된다, 라는 뜻이다. 정은 마음이니까, "누군가의 마음이 되어본다"라는 뜻을 가진 이 단어가 우리 사회를 지탱해오고 있다고 나는 믿는다. 우리가 타인을 돕는 이유도 단순히 누군가를 불쌍히 여겨서가 아니라 내가, 나의 아이가, 저런 상황이 된다면 어떨까, 하는 데서 나온다. 그만큼 누군가의 마음이 되어보는 일은 중요하다. 우리는 그러한 사람들을 보고 다정하다거나 다감하다고 말한다. 다정, 다감, 동정, 이러한 단어들은 모두 비슷해 보이지만 다르고 그러면서도 서로 연결되어 있다. 나는 나름의 기준으로 이 단어들을 정리해두고 싶다.

사실, 하나의 언어를 확실히 해두고 싶은 사람들도 있는 법이다. 말장난처럼 보일지라도 숫자보다 언어를 중요하게 여기는 사람들이 있다. 나는 어린 시절부터 숫자의 공식보다는 말을 조감하는 데 관심을 가졌다. 예를 들면 혼자서 말놀이를 자주했다. 한 음절의 띄어쓰기가 어디까지 갈 수 있는가, 하는. "네 그 맘 내 참 잘 알 듯." 아니면 띄어 쓸 때마다 한 음절씩 늘어나는 문장을 쓰는. "나 정말 너만을 세상에서 누구보다도 사랑했으니까." 이런 사람은 나밖에 없겠지 싶었는데, 언젠가 만난 누군가가 혼자 있을 때 저는 이러고 많이 놀아요, 라고 말해서 그도 나도 뭐 이런 사람이 있지, 하고 서로를 바라본 기억이 있다.

다시 돌아와서, 동정하는 사람이 되려면 다감한 사람이 되어야 할 것이다. 타인의 마음이 되어보는 일에도 연습이 필요하다. 스스로 여러 개의 감정의 페르소나를 써보는 경험을 부단히 해나갈 때 비로소 타인의 마음과 닿을 수 있다. 그러하지 않으면 타인의 마음이 되어보고자 하다가도 결국 서로는 다른 사람이구나, 나는 당신을 이해할 수 없다, 라는 결론에 다다를 수밖에 없다. 어떻게 그런 연습을 할 수 있을까. 누군가는 태어날 때부터 그런 사람이겠으나 흔치 않을 것이고, 누군가는 배워서 그런 사람이 되겠으나 역시 어려울 것이고, 누군가는 자신의 경험을 통해 간신히 그런 사람이 될 것이고, 누군가는 어떤 상황에서도 그런 사람이 되는 일을 거부하기도 할 것이다. 결국 이 역시 지능의 영역이다. 습득해나가며 현명함, 지혜로움, 영리함에 다다르는 것이다. 나는 그다지 현명한 사람은 아니어서 몇 가지 경험을 통해 그러한 삶을 지향하는 게 옳다는 태도를 가지게 됐다.

다감한 사람이 되는 연습을 선행할 때, 우리는 다정한 사람이 될 수 있다. 다정은 주변의 여러 존재에게 자신의 정을 보낸다는 뜻이다. 자신이 사랑하는 단 한 사람에게, 자신의 가족에게, 애인에게, 친구에게, 필요한 사람에게만 정을 주고자 노력하는 건 누구나 할 수 있는 일이다. 그러나 한 사람에게만 정을 주는 사람을 다정한 사람이라고 할 수는 없다. 그런 선택적 동정을 우리는 이기주의라고도 말한다. 물론 애인에게만 주어야 할 애틋한 정이라는 것도 있겠으나, 우리만 잘 먹고 잘살면 된다, 라는 데서는 다정함의 가치가 피어오르기 어렵다.

　얼마 전 보았던 드라마 〈재벌집 막내아들〉에서 주인공 진도준은 재벌인 자신의 할아버지 진양철에게 주식 가격이 폭락하여 피해를 본 서민들은 어떻게 해야 하느냐고 물었다. 그때 진양철은 답한다. "도준이 네가 그 사람들 걱정을 왜 하노. 니는 평생 그래 살 일이 없다. 내 손자니까." 진도준은 전생에 그 피해 당사자였기에 그런 말을 할 수 있었다. 그가 타인을 동정할 수 있었던 건 그러한 처지가 되어보았고 그때를 기억하고 있었기 때문이다. 다만 우리는 동정의 범위를 넓히기 위해 애써야 한다. 학연, 지연, 혈연을 넘어, 숫자와 브랜드가 같은 사람들에게 한정적으로 더욱 다정과 친절을 보내는 요즘이다. 그러나 내가 마음을 보내야 할 대상은 어디에나 있다. 다감한 사람이 되고, 그것을 바탕으로 타인을 동정하고, 그것으로 다정한 사람이 되고자 할 때, 우리는 어느 시대에든 여전히 인간으로 살아갈 수 있을 것이다.

공부하기
싫어하는 아이

3월 초, 개학 주간이다. 주변의 학부모들은 겨울방학이 길었다고, 교사들은 그런 게 있었는지 모르겠다고 말한다. 시간이란 저마다의 처지에서 지극히 상대적으로 흐르는 듯하다. 이제 2학년이 된 나의 아이도 자신의 초등학교로 간다. 그가 아침마다 가장 많이 했던 말은 "나, 학교 가기 싫어"였다. 개학 첫날에도 그는 적당히 우울한 표정을 하고는 등교했다.

아이의 엄마는 아무래도 전생에 우산 장수와 짚신 장수 형제의 어머니였던 게 분명하다. 날이 좋으면 우산 파는 첫째 걱정에 잠을 이루지 못하고, 비가 오면 짚신 파는 둘째를 걱정하는 것처럼 아이를 보며 늘 불안해한다. 아이가 왜 학교를 즐겁게 다니지 못하느냐고, 무슨 문제가 있는 게 아니냐고 말한다. 그래서 나는 그에게 어린 시절에 학교에 가고 싶었느냐고 물었다. 그가 그렇지 않다고 해서 자신도 그랬던 것을 왜 아이는 다르길 바라느냐고 되물었다. 나도 아이만큼 어렸던 시절 학교에 가고 싶지 않았다. 5분 거리의 그 등굣길도 싫어서 일부러 벽에 붙어 땅만 보면서 걸었고 교실에서도 멍하니 앉아 있다가 돌아왔다. 왜 그랬느냐면, 재미가 없었다. 나에 비하면 아이는 즐겁게 학교에 가는 편이다. 나는 학교에 가지 않고 싶은 그 마음을 이해하고프다.

아이는 학교뿐 아니라 공부도 재미가 없다고 했다. 나는 그런 그에게 아빠도 공부가 재미없었다고, 그건 당연한 것이라고 말해주었다. 공부가 재미있어서 열심히 하는 친구가 오히려 이상하다고, 하기 싫은 걸 열심히 하면 큰일 나니까 적당히만 하라고. 나는 문학 공부가 재미있어서 대학원 박사 과정까지 갔지만 학자가 되기를 자처하는 사람이 많을 리가 없다. 이제 막 10의 자리 덧셈을 배우기 시작한 아이는 안심이라는 표정으로 그럼 열심히 공부하지 않아도 되느냐고 나에게 물었다. "응, 그럼, 대신 열심히는 안 해도 적당히는 해야 해." 하기 싫지만 해야 하니까 모두가 참고 하는 것이 공부인 것이다. 나는 공부가 재미없는 그 마음을 이해하고프다.

아이는 오늘도 유튜브 영상을 보고 휴대폰 게임을 한다. 엄마의 통제로 하루 한두 시간 정도 하는 게 전부지만 그래도 공부보다는 더 열심히 하는 듯하다. "너는 왜 그렇게 영상하고 게임을 좋아하니. 적당히 좀 해"라는 짜증 섞인 말이 매일 들려온다. 그러나 그것 역시 너무나 당연한 일이다. 나도 어린 시절 아침에 일어나면 〈디즈니 만화 동산〉으로 하루를 시작했고 점심에 하는 특선 만화를 야무지게 챙겨 보고 동네 오락실에 가서 시간을 보냈다. 나는 거기에서 말을 배우고 서사를 배우고 맥락을 배웠다. 그것이 하나의 온전한 세계가 되어 다가오는 것도 그 시절뿐이다. 과하게 거기에 빠지는 것은 막아야겠지만 그들에게 그보다 재미있는 게 어디 있을까. 나는 영상과 게임이라는 세계에서 살고픈 그 마음을 이해하고프다.

아이는 함께 솔밭 같은 데 가면 적당한 막대기를 찾아 손에 든다. 이 나이의 남자아이들은 늘 땅에 떨어진, 잡기 좋은 막대기를 찾는다. 이건 어쩌면 그들의 몸에 새겨진 본성인 듯하다. 사실 나도 막대기를 볼 때마다 저것을 주워야 한다고 뇌가 신호를 보낸다. 어른이라는 이성이 그것을 곧 쳐낼 뿐이다. 나는 막대기를 손에 쥐는 그 마음을 이해하고프다.

아이는 오늘도 적당한 표정을 하고는 학교에 갔다. 당연히 공부하고 싶지 않고, 영상을 보고 싶고, 게임을 하고 싶고, 가는 길에 적당한 나무 막대기를 하나 찾아 손에 쥐고 싶을 것이다. 타인을 보살피는 일은 그런 마음을 이해하는 데서부터 시작하지 않을까. 나의 아홉 살 그 시절은 어떤 마음이었을까. 게임을 하고픈 것만큼이나 그 마음을 이해해주기를 바랐던 건 아닌가. 아홉 살 그의 처지와 입장이 되어 그를 이해하고 나면 그를 걱정해야 할 일도 많이 줄어든다. 나는 그보다 더하면 더했으나 지금 적당히 잘 살아가고 있다. 부모와 아이뿐 아니라 사람의 모든 관계가 그러하다. 그의 처지가 되어 사유하고 나면 대화가 시작되고 그를 이해하는 가운데 문제를 해결할 수 있다. 비가 오든 날이 맑든 그래야 한다.

아내가
제 말을 안 들어요

경기도의 모 평생교육원에서 12주 차 글쓰기 강연을 하고 있다. 혼자서 다하는 것은 아니고 강백수라는 시인과 함께, 정확히는 '대중문화비평'이라는 이름으로 한다.

이런 건조한 자리에 누가 올까 싶었는데 20대부터 70대까지 다양한 연령대의 시민들이 모인다. 모두 걸어서 10분 거리의 동네 사람들이라고 한다. 그들과 함께 우리 사회의 여러 이슈에 대해 이야기 나누고 글을 쓴다. 특히 '동네의 현안'에 대한 질문에는 저마다 멋진 제안들이 많아서 좋았다.

지난주에는 우리는 어떠한 글쓰기를 해야 할 것인가, 하고 이야기 나누었다. 그때 가장 활발하게 참여해온 40대

남성이 다음과 같이 말했다. "제 아내도 결혼하고 10년쯤 지나니까 제 말을 잘 안 들어요. 익숙해져서 그런 것 같은데, 새로운 말이 필요할 것 같아요" 하는 내용이었다. 난 그가 "아내가 제 말을 잘…" 하고 말한 순간부터 "저, 잠시만요" 하고 무언가 하고 싶은 말이 생겼으나 우선 그의 이야기를 끝까지 들었다. 그러는 동안 다른 수강생들이 그 표현에 무언가 불편을 느끼지 않았을까, 하고 미안한 심정이 되었다.

나는 말을 마친 그에게 "아내가 말을 잘 듣지 않는다고 한 것은 아마도 명령을 듣지 않는다는 의미가 아니라 대화하는 일이 많이 줄었다는 내용인 것 같아요, 맞지요?" 하고 물었다. 그는 그렇다고 답했다. 그래서 나는 그에게 글을 쓸 때 가장 중요한 것은, 그것을 읽을 타인에게 불편함이나 상처를 주지 않는 일이라고 했다.

맥락이 어떠하더라도 사람들은 하나의 단어와 한 줄의 문장에 눈길이 갈 수밖에 없다. 글의 온도는 그것으로 결정된다. 특히 쉽게 상처 받는 것은 소수자들이다. 일상에서 여러 이유로 차별을 감각하며 살아가는 이들에게는 단어와 문장이 아니라 어딘가에 위치한 부호 하나의 무게마저도 짐이 되곤 한다. 그래서 우리는 누군가의 글을 읽어내는 힘을 탓하기 이전에, 쓰고 말하는 사람의 무감각을 더욱 문제 삼아야 한다.

그럼에도 불구하고 자신의 맥락을 전달하고 싶을 때는 그 사례에서 자신이 '을의 자리'로 스스로 내려가면 된다. "결혼하고 10년쯤 지나니까 아내가 제 말을 잘 안 들어요"(아내에게 문제가 있어요)라는 것을 "결혼하고 10년쯤 지나니까 저도 아내의 말을 잘 안 듣게 되었어요"(저에게 문제가 있어요)라고 하면, 그 주체만 바뀌었을 뿐인데 누구에게도 상처 주지 않을 표현이 된다.

나는 40대인 그에게 "사실 선생님 나이대의 남성들은 글에서 조금 상처 받아도 괜찮습니다. 왜냐면 알게 모르게 다른 사람들을 상처 주는 쪽에 있기 때문입니다" 하고 덧붙였다. 어쩌면 중년 남성들은 나의 이 문장에 분노할지 모르지만, 그것은 역설적으로 그들이 상대적으로 권력을 가진 편에 있음을 드러낸다. 분노 역시 가진 사람의 몫이다. 그렇지 않은 이들에게는 상처와 상실이 남는다.

그 남성이 "저는 그런 것을 생각하지 못했어요. 그렇게 글을 쓰는 법을 배우고 싶어서 여기에 온 거예요. 고맙습니다" 하고 말해서, 나는 그가 정말로 고마웠다.

그때 그의 뒤에 앉은 여성이 조심스럽게 손을 들고는 그에게 "아까 말씀하셨을 때 저 사실 불편했어요. 그런데 그렇게 말씀해주셔서 정말 감사해요" 하고 말했다. 나는 이때 무언가 눈물이 날 만큼 둘에게 고마웠다. 많은 사람들 앞에서 자신의 실수를 인정하고 그간 사용해온 언어를 고쳐나가겠다고 말하는 것은 아주 어려운 일이다. 그랬기에 그에게 상처받았던 누군가도 그에게 다정한 고마움을 전할 수 있었다.

사회와 문화를 비평하기 위해 모인 시민들에게, 나는 그러한 글쓰기를 위해서는 자신을 먼저 돌아보아야 함을 전하고 싶다. 자신을 거쳐 나가지 않은 물음표는 쉽게 타인을 규정하고 상처 주게 된다. 그러나 "나는 어떠한가?"라는 데서 시작한 물음표는 타인과 사회를 향해 건강하게 확장된다. 그러면 그는 단어를 선택하고 문장을 만들고 거기에 쉼표 하나를 넣을 때마다 타인을 상상하게 될 것이다. 나는 글쓰기란 그런 것이라고 믿는다. 모든 쓰는 사람들이 그래야 한다고 믿는다.

이름은 사라지고
'호칭'만 남은 세상

2008년 봄부터 2015년 겨울까지, 나는 대학(원)에 있었다. 연구실과 강의실에서 청춘의 한 시절을 모두 보냈다. 그러는 동안 나를 대학의 구성원으로 굳게 믿었다. 논문을 쓰는 일도 강단에 서는 일도 즐거웠다. 하지만 스스로에게 "나는 여기에서 무엇인가, 노동자이자 사회인으로 존재하고 있는가?" 하고 물었던 어느 날, 나는 답을 하지 못하고 연구실에 한참을 멍하니 앉아 있었다.

강의실에서 나의 호칭은 '교수님'이나 '선생님'이었다. 건강 보험도 보장되지 않는, 재직 증명서 발급이 되지 않아 제대로 대출 심사를 받을 수도 없는 나를 학생들은 그렇게 불렀다. 아이가 태어난 다음에는 건강 보험을 보장받기 위해 패스트푸드점에서 새벽부터 물류 하차 일을 했다. 한 달에 100시간을 일하고 나면 50여 만 원의 급여를 받았다. 그 당시의 최저 시급이 5,580원이었다. 오후 수업에 들어가면 다리가 후들거렸다. 그래도 학생들에게 나는 여전히 교수님이었다.

〈나는 지방대 시간강사다〉라는 글을 쓰고는 연구실을 정리했다. 대학에서 보낸 청춘의 시간을 '유령의 시간'으로 규정하면서, 대학에서 나왔다. 어느 동료 연구자는 "하라는 연구는 안 하고 왜 그런 글을 썼느냐"고 물었다. 나는 그에게 마음으로만 "우리 삶이 오히려 연구 대상인데 뭘 연구한다고 연구실에 있기도, 강의실에서 학생들 앞에 서기도, 저는 민망하네요" 하고 답했다.

얼마 후, 나는 대리운전을 시작했다. 우선은 생계를 위해서였다. 글을 쓰는 것만으로는 아이의 기저귀와 분유를 살 수 없었다. 하지만 왜 굳이 대리운전이었느냐고 하면 '대리'라는 단어가 갑자기 나의 지난 시간을 규정해버렸기 때문이다. 대학에서 제대로 된 노동자로, 주체로서 존재하지 못했다. 내가 아닌 어느 괴물의 욕망을 '대리'하면서 살아왔다. 그래서 대리운전, 내가 주체가 될 수 없음을 선언한 그 노골적인 대리 노동을 통해 새롭게 나를 발견할 수 있을 것으로 믿었다. 물론 두려움도 있었다. 이상한 사람을 만나 어디 끌려가면 어쩌지. 아니면 외제차를 운전하다가 사고를 내면 어쩌지. 그러나 마음을 다르게 먹었다. 그동안 나는 내 차만 운전해왔고 앞으로도 평생 내 차만 운전하게 될 것이다. 타인의 운전석에 앉을 기회란 거의 없다. 거기에서 보게 되는 풍경은 어떨까. 그동안 대학의 강의실과 연구실에서 보던 것과는 다를 것이다. 배우는 게 있다면 나는 그것을 기록해야지, 그리고 성장해나가야지. 그런 마음으로 거리로 나갔다.

작년(2016년) 5월 31일 밤 11시에, 첫 콜을 받았다. 손님은 1.5킬로미터 정도 떨어진 곳에 있었고 나는 출발지를 향해 빠르게 걸었다. 그런데 3분 만에 그에게 전화가 왔다. 그는 나에게 두 마디를 하고 전화를 끊었는데 "아저씨, 왜 아직도 안 와요?" 하는 것이었다.

'아저씨'라는 호칭은 아직 대학에 한 발 걸치고 있는 나의 몸을 거리로 패대기쳤다. 교수님, 선생님, 아니면 이름이 유일한 호칭이었던 한 인간은 초면의 누군가에게 아저씨가되었다. 호칭을 결정할 권리가 이미 그에게 귀속된 것을 온몸으로 실감하며, 나는 신호를 무시하고 뛰었다.

손님의 차에 도착해서도 나는 여전히 '아저씨'였다. 모든 관계는 호칭에서부터 그 범위가 상상되고 확장 또는 축소된다. 아줌마, 아저씨, 아가씨. 그러한 호칭에는 한 대상의 자존감을 갉아먹는 힘이 있었다. 그래서 나는 교수님이라는 호칭이 대학에 있는 동안 나를 은밀하게 주체로서 고양시켜왔음을 알았다. 그것이 허상임을 알면서도 그 순간만큼은 환각에 빠진다. 반복되다 보면 위화감이나 그 어떤 서글픔도 점차 옅어진다.

호칭은 한 인간의 주체성을 대리하는 수단이 된다. 자신을 그 공간의 주체라고 믿게 만드는 동시에, 그를 둘러싼 여러 구조적 문제들을 덮어버린다. 나 역시 내가 속한 공간에는 아무런 문제가 없고 나는 그 구성원이라는 환상에 한동안 빠져 있었다. 근사한 호칭들은 그렇게 한 개인을 쉽게도 잡아먹곤 한다.

권력의 위계를 구분하기 위해 스스로를 호칭하는 일도 흔하다. "오빠가 생각하기에는", "형은 말이야" 하고 굳이 '나'를 은폐한다. 군복무 중에는 "연대장은 너희에게 아주 실망했다"거나 "소대장은", "포반장은" 하는 자기 호칭의 서사를 참 많이도 들었다. 그러다 보면 조직과 자기 자신을 동일시하게 되기 쉽다. 개인은 사라지고 호칭으로서 상상된 대리 인간이 남는다.

타인의 운전석에서 내리면서, 나는 얼마나 당신의 이름을 불러왔는가를 떠올린다. 호칭 너머의 한 개인을, 인간을 상상하기로 한다.

사람과 세상을
사유하다

얼마 전 TV 예능 프로그램을 보다가, 좋아하는 배우와 만났다. 〈재벌집 막내아들〉에 출연한 김신록 씨였다. 진행자가 그의 수상 소감인 "저는 연극을 통해 사람과 세상을 사유한다"를 언급했을 땐 참 멋지다고 생각했다. 그때 다른 출연자가 말했다. "이런 말은 대부분이 알아듣는 단어를 써야 하는 거 아닌가요?"라고. 사유라는 단어가 어렵다는 것이었다. 김신록 씨는 다음부터는 '생각한다'로 바꾸겠다고 하면서 그 자리를 마무리했다.

그러고 보니 나도 '사유하다'라는 단어를 많이 써왔다. 최근에 쓴 《당신이 잘되면 좋겠습니다》에서도 "우리는 타인의 처지에서 깊이 사유하고 그것을 바탕으로 그를 이해해야 한다. 그것이 다정함이다"라고 써두었던 것이다. 그러나 그에 대해서 깊게 고민해본 일은 없는 것 같아서 생각과 사유는 어떻게 다른가, 하고 생각, 아니 사유하기 시작했다.

사실 글쓰기 수업을 하면서 학생들에게 '생각'이라는 단어를 최대한 쓰지 않을 것을 말해왔다. 무언가 무책임하게 보였다. 아무 생각 없이 글을 쓰다 보면 많은 문장의 마무리가, 나는… 생각했다, 생각했다, 생각했다…, 가 되어버리고 만다. 그렇다고 '사유'라는 단어를 계속 쓰면 글의 분위기가 돌이킬 수 없을 만큼 무거워지고. 너무 가볍지도 무겁지도 않은 알맞은 단어를 찾는 일은 어렵다.

생각은 단편적이다. 상황에 따라 잠시, 하루에도 수백 번씩 스쳐 지나가는 감정의 편린이다. 나는 너를 좋아한다, 너를 사랑한다, 너를 싫어한다, 너를 혐오한다, 하는. 그러나 사유는 한 사람의 세계다. 내가 너를 왜 좋아하고 사랑하는지, 너를 왜 싫어하고 혐오하는지, 거기에 이르는 명확한 체계를 말한다. 그러니까, 생각을 거듭하고, 스스로에 대한 물음표를 던지고, 치열하게 답해나가는 동안 완성된 한 사람의 세계관이다.

다정한 사람은 타인의 생각을 들여다보는 데 그치지 않고 그 생각에 이르기까지를 사유로써 살핀다. 누군가의 처지가 되어본다는 건 그의 세계를 섬세하게 살피는 일이다. 그래야 그를 이해하고, 그의 잘됨을 위해 움직일 수 있다. 예를 들면 굶주리는 누군가의 불쌍함에 공감하는 데서 나아가 저러한 굶주림은 왜 시작되었는지를 묻는다든가, 아니면 타인을 동정하는 그 마음이 어디에서 왔는지를 살핀다든가, 하는 것이다. 얼마 전 TV로 코발트 광산에서 일하는 어린아이들이 나오는 다큐멘터리를 봤다. 나는 나의 아이들을 불러 그것을 같이 시청했다. 그때부터는 그 아이들의 삶을 안타까워하는 데서 나아가, 나의 아이가 저기에 있다면 어떠할 것인가, 아니 내가 저기에 있다면 어떠할 것인가, 하는 마음이 되었다. 그렇다면 나는 무엇을 해야 할 것인가.

김신록 씨가 연극을 통해 사람과 세상을 사유한다고 한 건, 아마도 사람과 세상을 이해하는 눈을 키우겠다는 의미가 아니었을까. 생각에만 그친다면 그처럼 한 존재를 완벽히 연기하기란 아마 어려울 듯하다. 나는 그의 작품을 두어 편 정도 보았을 뿐이지만 그는 자신이 연기하는 대상을 깊이 이해하고 표현해냈다. 내가 그를 좋아하게 된 것도 그래서일 것이다.

책을 한 권 만들었다. 저자의 자취를 따라가다가, 그가 2010년에 남긴 신춘문예 당선 소감과 만났다. "나의 다른

이름인 ○○씨, 물푸레나무 그늘 아래 함께할 수 있다는 것
만으로도 이 계절이 따뜻해져옵니다." 그는 자신의 남편을
'나의 다른 이름'이라고 했다. 그의 책을 만들면서 두어 번
울었는데, 그의 당선 소감을 읽으면서도 그랬다. 나의 다른
이름이라고 부를 수 있는 사람은, 아마도 정확히, 서로의 사
유가 닮은 사이일 것이 분명하다. 생각이 비슷하다는 것만
으로 한 존재를 그렇게 부를 수는 없는 일이다. 배우 김신
록 씨의 삶도, 곧 자신의 에세이집을 출간할 강윤미 시인의
삶도, 진심으로 존경스럽다. 그들이 계속 사유하며 또 자신
과 사유가 닮은 사람들과 만나 행복할 수 있길. 나도 계속
사유하려 한다.

부모의 역할이란
무엇인가?

열한 살, 여덟 살, 두 아이를 나는 '김대흔 씨', '김린 씨'라고 부른다. 매번 그러는 것은 아니고 그들을 글로 써야 할 때만 그렇게 한다. SNS에 '부글부글 강릉일기'라는 제목으로 종종 아이들과의 일들을 쓰다 보면 나를 만난 사람들이 묻는다. 김대흔 씨와 김린 씨는 잘 있느냐고. 그들은 왜 아이들을 그렇게 호칭하는지 궁금해하기도 한다. 웃기려고 그런다고 생각하는 사람도 있고, 아이들을 존중하기 위해 그러느냐는 사람도 있다. 둘 다 맞지만 사실 아이들과 거리를 두고파서 일부러 쓰기 시작한 호칭이다.

아이들을 키우다 보니 볼 때마다 여러 욕망이 찾아왔다. 잘 크면 좋겠다, 건강하면 좋겠다, 한글을 빨리 떼면 좋겠다, 구구단을 외우면 좋겠다, 받아쓰기를 잘하면 좋겠다, 어휘력이 높으면 좋겠다 등등. 그러다 보니 기대와 실망이 번갈아가며 찾아오는 것이었다. 나는 왜 그들에게 그러한 기대를 하고 있는 것인가. 결국 부모와 아이는 가까워질 수밖에 없는 존재다. 한없이 가까워지다 못해 동일시하는 데까지 이르게 된다. 그러나 나의 욕망을 아이에게 대리시키는 게 괜찮은 것인가. 그건 서로를 불행하게 할 뿐이다. 나는 그들이 내 눈치를 보는 대신 무엇이 자신을 행복하게 하는지, 자신에게 어울리는지 스스로 선택해나가며 한 개인으로서 자립하기를 바란다.

경제 활동을 해 자신의 삶을 영위할 수 있게 되는 것을 경제적 자립, 물리적 자립이라고 할 수 있겠다. 그러나 그 이전에 정서적인 자립이 필요하다. 자신이 소중한 존재임을 인식하고 어떤 현상을 나로서 바라보고 사유할 수 있는 힘을 가진 사람. 그건 어린 시절부터 행복한 부모를 보고 그 길을 따라가는 아이들에게 길러지는 힘이다. 정서적 자립을 하지 못한 사람이 성인이 되고 부모가 된다고 해서, 그가 사회인이 되었다고 해서, 그가 자립한 사람이라고 하기는 어렵다.

사실 아이, 어린이, 아동의 발견이란 근대에 이르러 '개인'의 발견과 함께 찾아온 것이다. 우리가 기억하는 어린이날의 탄생과 전후해, 그들 역시 하나의 인격체이며 일대일로 관계 맺을 수 있는 자아를 가진 존재라고 우리는 인식하게 됐다. 어린이날에 이르러 우리는 한 번 더 아이들을 돌아볼 기회를 가진다. 나의 아이가 아니라 한 개인으로서 어린이를 바라볼 수 있어야 하는 날이다.

그러면 부모의 역할이란 무엇일까. 그들에게 길을 가르쳐주는 건 나의 일이 아닐 것이다. 부모가 스스로 한 개인으로서 행복하고, 그래서 아이가 자연스럽게 그 길을 지향하게 만드는 것, 대신 아이가 따라올 그 길의 돌을 몇 개 골라두어 조금은 덜 넘어지게 하는 것, 부모가 마땅히 해야 할 일이란 그런 것이다. 아이의 몸과 마음을 돌보는 일. 그러나 그들의 마음을 있는 그대로 읽되 자신이 원하는 문법으로 빨간 줄을 그어 교정하려 하지 않는 일. 부모도 아이도 저마다의 언어로 자신의 삶을 써나갈 때, 그리고 그 언어가 자연스럽게 닮아갈 때, 그 어느 존재보다 멀면서도 가까운 하나의 공동체가 탄생한다.

내 글에서는 두 아이를 계속 김대흔 씨와 김린 씨라고 호칭하려고 한다. 이러한 호칭이 옳다고 권하고 싶지는 않다. 집집마다 아이를 부르는 그 집만의 고유한 언어가 있을 것이다. 언젠가 나의 아이들도 나에게 김민섭 씨라고 스스럼없이 쓸 수 있게 되면 좋겠다. 물론 얼굴을 보며 그렇게 말하면 이건 아닌데, 하는 마음이 될 것 같지만, 적어도 그들의 인식과 글 속에서는 그런 개인으로 발견되고프다.

이번 어린이날엔 두 아이와 강릉시 어린이날 축제에 다녀왔다. 나는 얼마 전 문을 연 서점의 부스를 운영하느라 바빴으나 수백 명의 어린이들에게 김대흔 씨와 김린 씨가 해변을 청소하며 주운 바다 유리를 엽서에 넣어 선물했다. 어린이날을 잘 지낸 모든 어린이들의 행복을, 그리고 정서적인 자립을 응원한다. 나도 나의 아이들과 적당한 거리를 두기 위해 계속 노력할 것이다.

나의
장인에게

나의 장인은 평생 농사를 지어온 사람이다. 강원도에서도 시골이라고 할 만한 면소재지에서 약간의 논과 밭을 일구며 산다. 처음 인사를 드리러 갔던 날에는 마침 나무를 하러 간 참이라고 했다. 직접 장작을 패서 난방을 한다는 것이었다. 나는 그가 올 때까지 농가 특유의 그 툇마루 같은 데 앉아서 나를 향해 짖는 두 마리의 누렁이를 바라보았다.

장인이, 정확히는 장인이 될 사람이 경운기에 나무를 싣고 돌아왔다. 그의 첫마디는 "우리 사우가 술을 못하게 생겼구먼. 난 술을 못하면 싫은데 말야" 하는 것이었다. 술을 잘하든 못하든 그런 자리에서는 평소에 없던 능력이 발휘되는 법이다. 오기가 생긴 나는 "아닙니다, 저 술 좋아합

니다"라고 말했고, "그럼 어디 한번 같이 마셔보세" 하는
그의 말에 술자리를 시작했다.

창고에 자리를 잡고 빨간색 뚜껑의 소주를 마시기 시
작했다. 이상하게도 나는 그때 술을 마실수록 정신이 맑아
졌던 것 같다. 두세 시간쯤 지나자, 그는 나에게 "세상에 그
렇게 술 마시는 사람이 어딨나!" 하고 역정을 내고는 들어
갔다. 그 자리엔 열한 병의 빈 소주병이 가지런히 놓여 있
었다. 동시에 술이 오르고 동네 누렁이가 된 나는 아내에게
"내가 이겼어, 집에 가자"라고 말하곤, 집에 와서 먹은 것을
모두 게워냈다.

그 후로는 처가에 갈 때마다 창고에 삼겹살과 소주가
마련되어 있었다. 내가 와서 반가운 건지, 술을 마실 사람
이 와서 반가운 건지 장인은 나의 방문을 무척 반겼다. 평
생 농기구를 잡아온 그의 손은 거칠고, 평생 펜을 잡아온
나의 손은 매끈했다. 나는 평생 이렇게 거친 손을 가진 사
람과 술을 마셔 본 일이 없었다. 아마 그도 마찬가지, 이런
손을 가진 사람과 함께할 일이 많지 않았을 것이다.

그는 취하면 말이 많아졌다. 젊은 시절의 무용담부터
몇 호 안 되는 그 마을의 소식까지, 그리고 자신이 사랑하
는 외아들, 내 처남의 근황을 끊임없이 전해왔다. 그러다가

어느 순간 전·현직 대통령의 이름을 입에 올리기도 했다. 거주지 강원도, 직업 농민, 나이 70대 후반, 그의 정치적 성향은 누구라도 짐작할 만하다. 언젠가 태극기를 들고 광화문으로 가고 싶다고 했을 때는 옆에 있던 나의 아내가 "아빠, 제발 그만 좀 해요"라고 말하기도 했다. 한번은 총선에서 어느 당을 지지할 것이냐고 물어서, "이번에 제가 아는 사람이 ○○당 비례대표가 되었는데, 그 사람이 국회의원이 되면 저에게도 좋은 일이 좀 있을 듯합니다"라고 말했다. 그 후 아내에게서 장인어른이 생애 처음으로 ○○당을 지지했다는 말을 전해 들었다. 작전 성공이네, 하고 나는 웃었다.

그는 술에 많이 취했던 어느 날, 열린 창고 문을 가리키며 문득 말했다. "저기 다리 보이지? 저 위에서 우리 마을 사람들이 인민군에게 다 죽었어. 나는 그때 중학생이었는데 숨어서 지켜봤지…." 나는 그때 처음으로 그를 이해하게 된 것 같다. 한 시대가 그를 어떻게 만들었는지. 그래서 몹시 미안해지고 말았다. 내가 뭐라고, 총선에서 누구를 지지하시라고 얄팍한 참견이나 하고. 그래선 안 되는 것이었다.

지금은 '확증 편향의 시대'라는 말로도 정리된다. 편을 가르고 서로의 입맛에 맞는 채널을 구독한다. 그러나 어떠한 확증을 갖게 되었든 반대편의 타인을 이해하는 일을 함께해야 한다. 무엇보다도 미워해야 할 대상은 그렇게 편을 가르고 이익을 취하는 이들이다. 소위 '○○코인을 탄', 한 시대에 상처받은 사람들의 감정을 부추기는 사람들을 경계해야 한다.

그를 이해하는 일이 조금 빨랐더라면 좋을 뻔했다. 장인은 이제 같이 술을 마실 만큼 건강하지 않다. 나에게 "사우 왔는가" 하고 웃곤 외손주들과 함께 논다. 홀로 마시는 술은 외롭다. 함께 이야기 나눌 수 있을 때 그에게 조금 더 다정하고 정중하게 대할 것을 그랬다.

작가가 되고픈
청소년들에게

요즘 중·고등학교에서는 '작가와의 만남'을 많이 한다. 불과 20여 년 전, 내가 고등학생일 때만 해도 작가라는 사람을 보는 건 대단히 희귀한 일이었다. 작가뿐 아니라 그 누구든 학교에 와서 교사 대신 교탁 앞에 서는 일이 별로 없었던 듯하다. 나는 한 번도 작가 비슷한 사람을 만나보지 못한 채로 글을 써서 밥을 먹고사는 사람이 되었다. 그러나 지금은 진로 적성이라든가, 창의적 체험 활동 수업이라든가, 도서관 행사라든가 하는 이유로 거의 모든 학교가 한 학기에 한 번 이상은 작가를 초청한다.

학생들을 만나면, 적게는 30여 명, 많게는 100여 명 모인 그들에게 종종 묻는다.

"혹시 작가가 되고 싶은 학생이 있나요?"

아무도 손을 들지 않거나, 한두 명이 조심스럽게 손을 들거나 한다. 하긴, 별로 매력 있는 직업은 아닐 것이다. 내가 학교를 다닐 때도 그랬다. 누군가가 작가가 되고 싶다고 하면 그의 미래를 걱정했다. 그래서 질문을 바꾸어보기로 한다.

"언젠가 자기 이름으로 책을 한번 내보고 싶은 학생이 있나요?"

그러면 몇 명이 더 손을 든다. 그래, N잡과 사이드잡의 시대에 꼭 직업으로 글을 쓸 필요는 없겠다. 그들은 나에게 "책을 내려면 어떻게 해야 하나요?" 하고 묻는다. 사실 여기에는 답이 정해져 있다. "꾸준히, 열심히, 즐겁게, 쓰면 됩니다" 하는 것이다.

나는 고등학생 시절부터 글을 쓰기 시작했다. 인터넷이 없던 시절, 천리안 PC통신으로 게시판에 접속했고, 거기에서 글을 읽다가, 자신의 이야기를 쓰는 고등학생이 없다는 걸 알았다. '내가 한번 써볼까' 하는 마음이 된 나는 그날 매점에서 있었던 일을 각색해서 올렸다. 요약하면 다음과 같다. "학교 매점에 줄을 섰다. 고3 선배가 와서 비키라고 해서 그에게 내가 먼저 줄을 섰다고 말했다. 그는 나의 명찰을 보더니 방과 후 너희 반으로 갈 테니 기다리라고 했다. 그때 그 모습을 보고 있던 동아리 고3 선배가 다가왔다. 그 선배가 내가 아는 동생인데 좀 봐주지, 하고 말하니, 그는 나에게 조심하라고 말하고는 사라졌다. 선배는 나에게 햄버거를 하나 사서 던져주었고 나는 울면서 그것을 먹었다." 별 것 아닌 이야기였으나 많은 추천과 댓글을 받았다. 자신의 고등학생 시절이 기억나니 계속 써달라거나, 요즘도 그 햄버거를 파느냐거나, 하는 것들이었다. 그날 이후 나는 학교에서 돌아오면 그날 있었던 일을 정리해서 게시판에 썼고, 다음 날 아침 학교에 가기 전에 거기에 달린 댓글을 읽었다. 그 일을 고1 봄부터 고2 여름까지 1년 넘게 꾸준히 했다.

어느 날 아침, 나는 다음과 같은 댓글을 만난다. "너는 내가 아는 천재 고등학생 작가야." 그날 등굣길은 다른 날과 달랐다. 수십 명의 학생들과 같은 교복을 입고, 비슷한 가방을 메고, 언제나의 그 길을 걷고 있는데, 나에게서만 반짝반짝 빛이 나고 있었다. 나는 평범한 고등학생이지만 누군가에게는 천재 고등학생 작가야, 하는 마음으로 고양된 것이다.

여러 작가를 만나보아도 어느 순간 한 편의 글로 성공한 사람은 없다. 그들은 중학생 때부터 매일 일기를 써왔다거나 고등학생 때부터 습작을 했다거나 하는 말을 한다. 결국 자신이 평생 즐겁게 할 수 있는 일을 찾아 매일 조금이라도 꾸준히 해나간다면 언젠가 반드시 빛을 보게 된다. 여기에서 중요한 건 그 일이 내가 즐겁게 할 수 있는 일인가, 하는 것이다. 잘하지 못하더라도 스스로 즐거워서 할 수 있다면 지치지 않고 조금씩 완성에 가까워지게 된다. 작가뿐 아니라 어떤 꿈이든 그러할 것이다. 꿈은 거창하거나 타인에게 과시할 수 있는 무엇이 아니라 소소히, 꾸준히, 즐겁게 해나갈 수 있는 무언가를 찾는 일인지도 모른다.

고1 시절 시작해 꾸준히 해온 나의 글쓰기는 서른이 넘어 직업이 되었다. 여전히 계속 쓰는 사람으로 살아가기를 꿈꾼다.

유튜브
안 하세요?

주변의 작가들을 만나면 인사치례처럼 나누던 말이 있다. "유튜브 안 하세요?" 하는 것이다. 독자들과 만난 자리에서도 유튜브 방송을 해보라는 말을 많이 들었다. 해야 할 사람이어서 그렇다기보다는, 누구나 하고 있는 것 같으니 하지 않으면 괜히 뒤처지는 마음이 되거나 했던 것이다. 몇 년 전에 "우리 대리운전이나 할까…" 하는 말을 주고받기도 했는데, 그 '○○이나'의 계보를 유튜브가 이어받은 듯하다. 물론 두 노동이 가진 무게감은 다르지만.

작가들 중 자신 있게 "네, 저 유튜브합니다"라거나 "할 겁니다"라고 말하는 사람은 없었다. 내 주변에서는 그랬고, 실제 나의 유튜브 알고리즘에서도 작가들은 거의 검색되지 않았다. 저마다 이유가 있을 테지만, 대개는 "제가 그런 걸 어떻게 해요"라는 반응이었다. 여기에서 '그런 걸'이라는 표현은 오히려 유튜브에 대한 존중을 담고 있다. 그 앞에 '감히'라는 부사를 붙이면 적절하겠다. 유튜브를 하려면 우선 호감형의 외모가 필수적이고, 말을 잘해야 하고, 매력적인 콘텐츠가 있어야 하고, 화질이 좋은 카메라 여러 대와, 요즘의 감성을 가진 편집자가 필요하고, 그러려면 돈도 많이 들 것이고, 도무지 쉽게 할 수 있는 일로 판단되지 않았던 것이다. 나도 유튜브의 필수 조건 중 그 무엇도 제대로 충족할 수가 없었다.

그러다가 나도 유튜브 채널을 개설하고 조심스레 영상을 찍어보았다. 심지어 라이브 방송이었다. 코로나 시기에 원격으로 독자를 만나야 할 일이 많았고, 한번 해볼 만한데, 하는 마음이 되었던 것이다. 나는 별다른 콘텐츠가 있는 사람이 아니지만, 내가 아는 작가들을 초청하고 방송을 보는 구독자들과 함께 이야기하는 것으로 시작해보기로 했다. 작가들은 대개 멋있게만 말하려고 하니까, 편안한 분위기에서, 그들과 함께 맛있는 것을 먹으면서, 책 너머의 그들과 함께 만나보기로 했다. 내가 아는 몇몇 작가들에게 연락했고, 나와 나이가 같은 친구 작가를 섭외했다. 그는 전화를 받고는 "아아, 그러니까 먹방이군요. 이런 경험은 처음이니까 맛있는 것 사주세요" 하고 흔쾌히 응해 주었다.

첫 번째 방송이 끝나고 동영상을 업로드 하면서, 나의 석사 논문을 세상에 내보내던 때를 떠올렸다. 석사 논문은 그 평가가 어떠하든 써본 사람들에게 영원한 흑역사로 남는다. 왠지 이것도 나에겐 그럴 것 같았다. 물론 이건 지우면 그만이겠지만, 이 세상에 존재해서는 안 되는 무엇을 석사 논문 이후 다시 내어놓고 말았다.

나는 친한 작가와 함께하는 두어 시간 동안 맛있게 먹고, 즐겁게 말하고, 참여자들과도 활발하게 소통할 수 있을 것이라고 믿었다. 그러나 다시 살펴본 영상은 그렇지 않았다. 준비한 음식에는 거의 손을 대지 못했고, 너무 심각한 표정을 하거나 바보처럼 웃고 있거나 했고, 참여자들의 채팅에도 잘 반응하지 못했다. 그러한 총체적 난국 속에서 초대된 작가가 고군분투하여 어떻게든 첫 방송이 끝났다.

가장 부끄러운 건 영상의 화질도, 나의 어색한 모습도 아니었다. 나는 그간 연예인이나 BJ들이 방송에서 보이는 말과 행동, 그러니까 그가 가진 선의 태도를 보면서 '아, 나라면 저렇게 안 할 텐데, 나라면 저런 표정을 짓지 않을 텐데, 나라면 저런 말로 누군가를 상처 주지 않을 텐데' 하는 마음을 쉽게 가졌다. 그러다 보면 작은 실수를 빌미 삼아 타인을 비평하는 일도 참 간편해진다.

　　그러나 영상 속의 나는 내가 비난하던 방송의 진행자들의 모습 그대로였다. 누군가를 무례함, 경솔함, 몰염치함 등의 언어로 규정하기 전에, 나부터 돌아보아야 했다. '다정함'이라는 단어를 자주 쓰면서도 내가 보이는 모습에는 그만큼의 괴리가 있었다. 단순히 방송이라 여유가 없었다고 하기에도 민망하다. 첫 유튜브 촬영을 마친 나는, 타인을 조금 더 다정하게 바라보아야겠다고 마음먹었다. 유튜브야 잘되든 말든 중요한 일이 아니다. 잘 살아야겠다는 마음을 다시 다잡는다. 다음으로 초청한 작가는 갈비찜을 먹고 싶다고 했다. 조금 더 다정하게 그를 맞이할 준비를 해야겠다.

유미야, 그래도 너는
하고 싶은 일을 하고 있잖아

웹툰 〈유미의 세포들〉의 주인공 김유미는 작가 지망생이다. 회사를 그만두고 글을 쓰기 시작했지만 공모전에 당선되기란 쉽지 않은 일이다. 기대했던 문학상에서 또다시 낙방하고 결국 그는 스스로에게 아픈 말을 꺼내고 만다. "너 재능 없다고, 인정? 어… 인정." 그렇게 자신을 규정하고 버텨낼 수 있는 사람은 별로 없다. 유미도 다시 회사로 돌아가기로 마음먹는다. 그런 그에게 어머니는 "아이고, 우리 딸 이제 정신 차렸구나. 그래 해보고 싶은 거 한번 해봤으면 됐다. 유미야, 지금 네 나이를 생각해봐라. 남들은 지금 다 돈 모아서…" 하고 문자를 보낸다. 유미는 남자 친구에게도 만나면 알려줄 소식이 있다고 전화를 한다. 회사에 복직하겠다

는 말일 것이다.

이때 우리가 유미에게 감정을 이입하기란 쉽다. 실패한 나의 꿈을 보듬어주지 않고 그저 잘했다는 말로 폄하하다니 사람들은 왜 저럴까, 하고. 그러나 우리는 유미에게 어떤 말을 건네는 내가 될 것인가를 먼저 상상해보아야 한다. 사랑하는 사람이 정신을 차렸다고 기뻐하는 나일지, 그의 열정과 끈기가 없음을 비난하는 나일지, 괜찮다고 안아주는 나일지, 저마다 고민해야만 한다. 우리 곁에는 유미를 닮은 소중한 이들이 언제나 있기 때문이다.

유미를 보면서 나는 언젠가 "대학에서 시간 강사로 일하는 아내를 응원할 방법을 알려달라"고 한 젊은 남자를 떠올렸다. 날마다 지쳐 보이는 아내에게 힘을 주고 싶다고 했다. 그는 몇 년 전까지 시간 강사였던 나에게 "어떤 말이 가장 힘이 되었는가"를 물었다. 그래서 그간 어떤 응원을 해주셨나요, 하고 되묻자 그는 "힘내, 그래도 당신은 하고 싶은 일을 하고 있잖아"라고 말해주었다고 했다. 내가 "저, 죄송하지만 전혀 응원이 안 되었을 것 같아요. 그 말은 저도 정말 많이 들었지만 가장 듣고 싶지 않은 말이었거든요" 하고 웃자, 그도 겸연쩍게 웃으며 그렇다고 답했다.

젊은 연구자들이 겪는 여러 어려움이야 이제 대학생들

조차도 알아서 연민의 눈빛을 보내는 모양이지만, 사실 가장 힘든 건 그 처우에 따른 생계 곤란보다도 다른 데 있다. 나는 공부에 재능이 있는 것일까, 내가 옳은 선택을 한 것일까, 하는 자괴감이다.

나의 경우는 '그만둘까' 하는 생각을 석사 과정과 박사 과정을 합친 8학기 동안 적어도 10번 이상은 했던 것 같다. 어쩌면 하나의 발제문을 쓸 때마다 10번씩의 후회를 했는지도 모르겠다. 마감이 있는 무엇에 제대로 한 줄 보태지도 못하고 하얗게 밤을 지새워본 경험이 누구나 있을 것이다. 20대 중반, 그렇게 꾸역꾸역 쓴 발제문을 가지고 수업에 들어갈 때의 민망함, 발제 후 질의 시간에 받게 되는 비판과 격려들, 그래서 후줄근한 마음, 좋아서든 부끄러워서든 마시게 되는 술 한잔, 그때의 감정들이 10년 가까이 지난 지금도 종종 떠오른다.

주변의 소중한 사람들에게 내가 보답할 수 있는 거의 유일한 방법은, 내가 쓴 논문을 건네는 것이었다. 별쇄본으로 나온 20여 페이지의 볼품없는 그 논문을 내밀고 나면 그래도 '나 이렇게 잘 살고 있어' 하고 손짓하는 기분이 되곤 했다. 그러면서 그들에게 내가 가장 많이 들은 말은 "멋져", "힘내", "너는 그래도 하고 싶은 일을 하고 있잖아"였다. 친구들은 대다수가 회사원이었고 그들은 자신과 나를 동시에 위로하고 싶어 했다. 가끔은 내가 부럽다고도 했다. 그러나 그것은 전혀 응원이나 위로가 되지 않았다. 그 마음이야 고마운 것이지만 대개의 경우에는 자괴감이 더욱 커졌다.

그 남자에게 "아내에게서 논문을 선물받은 일이 있으신가요"라고 묻자, 그 역시 몇 번 받았다고 답했다. 그러나 이해할 수 있는 글이 아니어서 그냥 받기만 했다고 덧붙였다.

내가 논문을 건네며 바란 한마디는 사실 명확했다. "논문, 잘 읽었어" 하는 것이다. 물론 세상에서 가장 재미없는 글이고, 읽는다고 해서 그의 삶에 좋은 영향을 미칠 만한 무엇도 아니다. 그러나 몇 개월 동안 나의 청춘이 고스란히 담긴 그것을, 지도교수와 심사위원과 나, 이렇게 세 사람에 더해 당신 한 사람이 읽어주었으면 해서 건네는 것이다.

유미는 출판사로부터 "이번 공모전에 출품하셨던 작가님의 작품 〈내 사랑 뮤즈〉 출간을 제안하고 싶습니다" 하는 내용의 연락을 받는다. 그의 남자 친구 유바비는 그 소식을 듣고 이제 그에 반응하려고 한다. 나는 그가 "축하해, 유미야. 나는 너의 글이 세상에서 가장 좋아. 계속 너의 글을 읽게 돼서 기뻐. 그리고 책이 나오면 내가 제일 먼저 살게"라고 말해주면 좋겠다. 유미도, 나도, '그'의 아내도, 그리고 자신의 자리에서 버텨내고 있는 모두가 사랑하는 사람으로부터 꼭 듣고 싶은 한마디일 것이다. 힘내라는 말은 사실 공허하다. 대신 네가 만드는 모든 것을 사랑한다는 말이 그의 삶뿐 아니라 서로의 관계를 더욱 단단하게 해준다. 나도 여전히 그 말이 가장 (듣)고프다.

자녀의 인생을
설계하는 방법

고등학교에 강의하러 갔다가 학부모에게 들은 질문이다. 그는 아이에게 문과를 가라고 해야 할지 이과를 가라고 해야 할지, 어떻게 그의 삶을 설계해야 할지 모르겠다고 했다. 이과에 가야 입시에도 유리하고 취업도 할 수 있을 것 같아서 고민된다는 것이었다. 그의 옆에는 그의 딸이 함께 와 있었다. 사실 나는 입시나 취업 설명회가 아니라 인문학 강의로 그들과 만났다. 내가 하는 말이 그들에게 별 도움이 되지 않을 게 분명했다. 그러나 나도 문·이과 선택으로 고민하던 시절이 있었다.

나의 아버지는 수학을 잘하는 사람이었고 나는 국어를 잘하는 사람이었다. 나의 아버지는 회사에서 돌아오면 자신의 방에서 책을 읽거나 수학 문제를 풀거나 했다. 고등학생이던 나는 나의 방에서 책을 읽거나 글을 쓰거나 했고 그보다 조금 더 많은 시간을 PC통신(천리안)을 하는 데 보냈다. 나는 그때 게시판에 글을 연재하고 있었다. 중·고등학생들은 대개 판타지 소설 게시판에 가 있었으나 나는 나의 고등학생 생활을 각색해서 올리는 게 즐거워서 유머 게시판에 있었다. 그러던 중 문과와 이과 진학을 선택해야 할 시기가 찾아왔다. 이과로 가야 먹고살 수 있다는 말들은 지금이 아니더라도 20년 전인 2000년대 초반에도 있었다. 고민하던 나는 아버지에게 물었다. 어디로 가면 좋을까요, 하고.

아버지는 살면서 나에게 화를 낸 일이 거의 없다. 그 횟수를 세는 데 굳이 두 손이 필요하지도 않을 듯하다. 그러나 그런 그가 두어 번, 머리가 큰 나에게 적당히 화를 낸 일이 있는데, 첫 기억이 그때였다. 그는 나에게 되물었다. "그건 아빠에게 물을 일이 아니야. 네가 좋아하는 걸 하면 되는 거지. 너의 삶은 네가 사는 거잖아. 너는 문과가 좋으니, 이과가 좋으니?" 내가 문과가 좋다고 답하자 그의 답은 짧고 선명했다. "그럼, 됐네." 그래, 그러면 된 것이다. 나는 나의 뜻에 따라 문과로 진학했다. 그 후 천리안에 연재하던 글로 출간 제안을 받아서 고2 가을에 에세이집을 냈고 1년

뒤엔 대학의 국문과 전공에 입학했다.

사실 대학 입시 원서를 내던 때, 아버지에게 한 번 더 물었다. "아버지, 나 대학 어디로 갈지 고민 중인데요." 그때 아버지는 예의 그 표정을 지으며 답했다. "그건 아빠에게 물을 일이…" 나는 그에게 가고 싶은 전공에 맞추어 알아서 대학을 선택하겠다고 말했다. 그리고 정말 그렇게 했다. 내심 내가 자신보다 좋은 대학에 진학하길 바랐던 것 같기도 했으나 그런 티를 두 번 내는 일은 없었다.

그를 이해할 수 없는 시간은 길었다. 왜 부모가 자식의 인생에 관심이 없는 것인가, 왜 학군이나 입시라든가 하는 것엔 말 한마디 없었던 것인가. 그러나 이제는 그가 옳았다는 것을 안다. 사람이 자기 자신을 선택의 기준으로 삼는다면 그 일의 잘됨과 안 됨 같은 건 아무래도 괜찮아진다. 그 과정에서 자기 자신이 남는다. 나는 이런 사람이구나, 이런 태도를 갖고 살아가야겠구나, 하는. 그러나 타인을 선택의 기준으로 삼는다면 그 일이 잘되더라도 그 과정과 결과에서 남는 건 타인뿐이다. 저 사람과 멀어지면 안 되겠구나, 옆에 꼭 붙어 있어야겠구나. 혹시 잘되지 않는다면 그에 대한 원망 말고 무엇이 남을 것인가.

나도 나의 아이의 얼굴을 본다. 아홉 살인 그와 강릉에서 살아가는 일은 기쁘다. 바다에서 살고 싶다고 하는 그의 말에 작년(2021년) 즈음에 이주했다. 그는 받아쓰기에서 오늘도 꼴찌를 했다며 시무룩하다. 그가 그러거나 말거나 나는 괜찮다고 말하면서 그와 함께 바다에 간다. 나는 그가 자신의 인생을 스스로 설계해나갈 수 있으면 한다. 스스로 만들어낸 세계라는 것은 잘됨과 안 됨을 감히 재단할 수 없고 한 사람을 계속해서 성장케 하는 법이다. 머리가 큰 그가 언젠가 나에게, 나는 이게 좋아서 이걸 선택했어, 하고 스스럼없이 말할 수 있기를, 나는 그에게 잘했어 대흔아, 아빠가 응원할게, 하고 그를 안아줄 수 있는 사람이 될 수 있길 바랄 뿐이다.

염치를 아는 대한민국의
대학이 되기를

나는 대학을 '나온' 사람이다. '대학을 나왔다'는 관용어가
아니라, 공부하던 도중 그 공간에서 나왔다. 어쩌면 대한민
국에서 가장 요란하게 대학을 그만둔 사람이다. 〈나는 지방
대 시간강사다〉라는 글을 쓰면서 강의하고 연구하던, 내 청
춘을 갈아 넣은 그 공간에서 스스로 나왔다.

'지방시'라는 줄임말로도 알려진 그 글이 책으로 출간
되었을 때, 대한민국에서 젊은 연구자로 살아간다는 것은
무엇인가, 특히 시간 강사의 처우가 어떠한가, 하는 것이 화
제가 되었다. 그때 언론은 "맥도날드에서 알바하는 젊은 교
수님"이라는 제목의 기사를 내보내면서 나의 이야기를 다
뤘다.

나는 실제로 대학에서 6~8학점의 강의를 하면서 지역의 맥도날드 직영점에서 월 60시간의 물류 상하차(메인터넌스) 일을 했다. 단순히 용돈을 벌고자 하거나 관심을 받고자 해서 시작한 일이 아니었다. 서른두 살이었던 그때의 나는 대학에서 계속 강의하고 연구하고 싶었다. 패스트푸드점 아르바이트는 내가 돌이 갓 지난 아이를 비롯한 한 가족의 생계를 유지할 수 있는 가장 실존적인 방편이었다. 그것으로 나는 대학이 보장해주지 않는 직장 건강 보험에 가입할 수 있었고, 나의 노동을 사회적으로 증명할 수 있었다.

누군가는 내가 대학에서 쫓겨났다고도 하고, 나에게 과한 의미를 부여하고 싶어 하는 누군가는 대학 문을 박차고 당당하게 나왔다고도 한다. 둘 다 사실이 아니다. 《나는 지방대 시간강사다》(개정판, 정미소, 2024)라는 책이 화제가 되고 그때 사용한 '309동 1201호'라는 가명의 주인이 나(김민섭)라는 사실을 내부 구성원들이 먼저 알기 시작했다. 그래서 더 이상 이전처럼 평범한 연구자로서 존재할 수 없을 것임을 알았다. 무엇보다도 대학 바깥에서 일하는 동안 강의실과 연구실이 대학에만 마련되어 있지 않다는 것을, 마음먹기에 따라서 대학 바깥의 누구든 나의 지도 교수가 될 수 있다는 자각을 얻었다. 그때 나는 대학을 '나오기'로 마음먹었다.

그동안 가혹한 방식으로 자신을 증명한 선배들이 있었다. 예컨대 유서라든가, 법정 공방이라든가, 자신의 몸과 삶을 상하게 하는 것이었다. 나는 SNS 공간에서 고백의 서사를 기록해나간 거의 최초의 연구자였다. 이것이 대단히 특별하거나 잘난 일이었음을 증명하고픈 것은 아니다. 다만 달라진 시대는 어떻게든 한 공간의 평범한 인물을 그 바깥으로 추동해냈을 텐데, 무수한 '지방시'들 중 내가 무작위로 끌어올려졌을 뿐이다. 글을 쓰는 동안 나는 "나의 이야기를 해주어 고마워" 하고 말하는 많은 젊은 연구자들을 만났다. 덕분에 나만의 이야기가 아닌 우리의 이야기를, 한 세대의 지금을 이야기하고 있다는 확신이 언제나 있었고 계속 나를 고백할 용기를 얻었다.

2019년 8월, '강사법'이 시행되었다. 1년 이상 고용 보장, 건강 보험 보장, 방학 중 임금과 퇴직금 지급 등 대학 시간 강사의 처우 개선을 담은 법이다. 2011년 12월에 국회를 통과한 이 법은 계속 시행이 유예되다가 8년이 지나서야 시행되었다. 그럼 이제 더 이상 나와 같은 '지방시'는 없을 것인가. 내가 몇 년 더 버텼더라면 좋은 날이 왔을까. 그러나 이 법은 시간 강사들의 구조 조정을 불러왔다. 시간 강사의 수를 줄이고 전임 교원들에게 더 많은 강의 시수를 배정하게 했다. 그 과정에서 많은 시간 강사들이 자신의 일자리를 잃었다. 나는 누군가에게 "너 때문에 더 힘들어졌어"라는 말을 실제로 들었다. 이렇게라도 남아 있을 수 있었는데 네가 그러한 책을 쓰고 강사법 시행에 글을 보냈기에 그러지 못하게 됐다는 것이었다.

대학은 원래 위법은 잘 저지르지 않아도 온갖 편법을 동원해온 집단이다. 200명씩 수강하는 대형 강의를 편성한다든가, 교양 필수 강의를 온라인 강의로 대체한다든가, 졸업 학점을 낮추어 전체 강의의 수를 줄인다든가, 정규직 교수의 책임 강의 시수를 몇 학점씩 올린다든가 하는 방식으로 시간 강사를 이전보다 덜 고용할 수 있다. 젊은 연구자들에게는 이 모든 것이 생존의 문제가 된다.

그런데 그 이전에 진리의 상아탑이라든가, 지성의 전당이라든가 하는 단어로 스스로를 한껏 포장한 지금의 대학이, 거리의 패스트푸드점이나 편의점보다 그 사회적 책임을 다하고 있는지 스스로를 돌아보기를 바란다. 그에 더해, 거기에 영합해 그동안 편안하게 강의하고 연구해온 정규직들이 조금은 부끄러워해주기를 바란다. 어느 교수들은 강사법 시행을 앞두고 다음과 같이 말했다. "강사들은 이제 많이 해고될 거야. 우리 학교는 절반을 감축한다고 하더라. 강사법에 찬성하는 게 과연 정의로운지 고민해봐." 그러나 이런 권위적인 말을 보태고, 교수 회의에서 논의된 말들을 생중계하는 대신 자신이 지금 대학이라는 공간에서 할 수 있는 일을 찾는 것이 훨씬 생산적인 일이다.

"학문 후속 세대가 이제 강의조차 하지 못하게 될 것이다"라고 한 모 교수는 자신의 대학에서 강사 공채를 할 때 그 후속 세대를 위한 쿼터를 넣을 것을 제안하면 되겠고, "비용이 필요하니 현실적인 법이라고 할 수 없다"고 주장한 모 교수는 그 재원을 마련할 것을 자신이 속해 있는 대학과 정부에 촉구해야겠다. 적어도 지금까지 그 구조 안에서 착취를 당해온 이들에게 책임을 묻고 조롱하지는 말아야 하는 것이다.

《나는 지방대 시간강사다》라는 책에 나는 "지식을 만드는 공간이 햄버거를 만드는 공간보다 사람을 위하지 못하는 것은 슬픈 일이다"라는 한 문장을 써두었다. 우선 염치를 아는 대한민국의 대학이 되기를 바란다.

북카페가 된
대형 서점들

나는 서점에서 책을 살 때면 책의 상태를 잘 살핀다. 그러고는 일부러 적당히 더럽거나 표지가 구겨진 것을 고른다. 특히 내가 쓴 책을 사야 할 때면 더욱 그렇다. 굳이 내 돈 주고서 그런 하자가 있는 책을 사는 이유는, 그것들이 곧 출판사로 반품될 것을 알기 때문이다. 책이 어떻게 유통되는지를 알게 되고부터는 더 이상 깨끗한 책을 찾지 않는다.

요즘의 대형 서점은 거대한 북카페가 된 듯하다. 음료를 팔고, 테이블과 의자를 곳곳에 두고, 공부를 할 만한 공간까지 제공한다. 사람들은 편안한 의자에 앉아 음료를 마시며 구매하지 않은 책을 읽는다. 아이들은 과자를 먹으며 그림책을 넘기고 수험생들은 아예 자리를 잡고 공부를 하기도 한다. 책이라는 물건은 책장을 넘기는 순간부터 중고 품이 되고 그 티가 나기 마련이다. 다시 판매할 수 없게 된 책들은 수거되어 출판사로 반품되고 모두 폐기 처리된다. 그러나 서점은 훼손된 책에 대한 비용을 부담하지 않는다. 제대로 간수하지 못한 책임이 분명히 있을 텐데, 팔 수 없게 된 책을 출판사에 보내고 나면 그만이다. 어느 서점들은 책을 납품받는 즉시 고유의 도장을 찍는다. 판매할 때나 그렇게 하면 되는데 굳이 미리 낙인을 새겨두고는 팔리지 않는다며 반품해버린다. 그러면 그 책은 찌그러진 차 펴 드립니다, 하는 것처럼 책에 새겨진 도장 지워드립니다, 하는 업체에 보내진다. 그것을 사포로 갈아내는 미세한 작업을 직접 하는 출판사들도 있다. 그 상처 입은 책을 바라보는 편집자들은 어떤 심정이 될지, 나로서는 잘 알 수가 없다.

사실 나도 대형 서점의 매대 앞에 서서 책 한 권을 다 읽어내던 시절이 있다. 고등학생 때 여자 친구와 만났던 장소는 언제나 광화문 교보문고의 신간 소설 매대였다. 내가 먼저 도착해 새로 나온 판타지 소설 같은 것을 읽고 있으면 그는 내가 눈치채지 못하게 몰래 옆에 서서 같은 책을 읽곤 했다. 내가 마포에 살았고 그가 성북에 살았으니까 그럭저럭 중간 지점이기도 했다. 책을 살 돈이 없어서 그랬던 건 아니다. 그저 그래도 된다고 믿었기 때문이다. 그렇게 시간을 보내고 나면 괜히 뿌듯한 마음이 되었다. 나를 닮은 사람들이 매대 앞에 서서, 혹은 되는 대로 주저앉아서 책을 읽어나갔다. 좁은 서가 사이를 지나면서는 그들과 어깨를 부딪치지 않게, 발이 등을 건드리지 않게, 조심스럽게 걸어야 했다.

내가 학생이던 20여 년 전을 추억하거나 미화하고 싶지는 않다. 책이 훼손되는 것도 출판사가 그 비용을 모두 감당해내는 것도 지금과 다르지 않았을 것이다.

그러나 서점은 이전보다 더 (좋게 표현하자면) 열린 공간이 되었다. 많은 사람들이 도서관이나 카페에 온 것처럼 의자에 앉아서 책을 펴 든다. 그것이 하나의 문화가 된 듯하다. 시대가 바뀌었기 때문일까, 그에 따라 사람이 바뀌었기 때문일까, 잘 알 수가 없다. 다만 그러한 풍경을 만들어낸 것은 분명히 서점이다. 서가의 높이를 낮추고 그 간격은 넓히고 그렇게 생긴 공간마다 다양한 의자를 배치해두었다. 매장 한가운데에 카페를 입점해두기도 하고 책이 아닌 것을 파는 매대의 규모도 점점 커진다. 모 대형 서점은 100여 명이 앉을 수 있는 대형 책상을 마련해두고, 그것이 5만 년 이상 된 나무로 만들었음을 광고한다.

서점은 이제 책을 파는/사는 공간이라기보다는 책을 읽는/보는 공간으로 변했다. 정확하게는 책을 전시해서 사람을 끌어들이고 그들이 주변에서 무엇이라도 소비하게 하는 공간이 되었다. 대형 서점 주변의 상권은 적어도 유동 인구에 대한 고민은 하지 않는다. 책이 팔리지 않는 시대라고는 하지만 책은 여전히 문화의 상징이고 사람을 유인하는 역할을 잘해낸다. 그러나 자신들이 위탁받아 파는 물건을 서점처럼 함부로 다루는 곳도 드물다. 서점은 무엇이든 시식할 수 있는 식당처럼도 보이고, 옷을 입고 나갔다가 언제든 반품할 수 있는 옷가게처럼도 보인다. 그 과정에서 웃는 것은 서점과 건물주들이고 우는 것은 출판사이고 상처 입는 것은 책이다. 독자들은 서점의 공공성이나 사회적 책임 같은 것을 감각하면서 그 안에서 함께 즐겁지만, 그로 인한 손해를 감당하는 게 서점이 아닌 출판사들이라는 사실은 잘 알지 못한다. 서점은 책의 훼손이 심해질 수밖에 없는 구조를 만들어두고도 그 비용을 출판사에 모두 부담시킨다. 결국 이 또한, 갑질인 것이다.

그러나 서점이 책 읽는 행위를 규제하거나 감시하는 공간이 되는 것은 원치 않는다. 어떤 이유로든 활기찬 서점을 보는 것은 기쁘다. 교복을 입고 신간 매대에 서서 함께 책을 읽어나가는 청소년들의 모습을 볼 수 있다면 책이야 좀 구겨지면 어떤가, 하는 마음이 된다.

　다만 지금과 같은 '읽는 서점'으로 존재하려면 그에 따른 부담과 책임은 서점 스스로 짊어져야 하겠다. 열람용 책을 따로 구매해서 둔다든가, 큐레이션을 강화해 선택의 고민을 줄여준다든가, 책의 훼손 비용을 함께 부담한다든가, 하는 당연한 노력이 필요하다. 고급 원목 책상을 두는 것보다 선행되어야 할 일이다. 그때 비로소 출판사의 편집자들도, 저자들도, 서점에 가득 찬 독자들을 보면서 편히 웃고, 깨끗한 책을 골라 구매할 수 있게 될 것이다.

참담한,
자본의 애도

2018년 3월 28일, 경기도 남양주 이마트 도농점(현 다산점)에서 무빙워크를 수리하던 직원이 기계에 몸이 끼여 사망했다. '21세, 협력/하청 업체 직원', 이 프로필은 우리에게 익숙하다. 2011년에는 이마트 탄현점에서 냉동기 점검 및 보수 작업을 하던 22세 협력 업체 직원이, 2016년에는 구의역에서 스크린도어를 수리하던 19세 협력 업체 직원이 세상을 떠났다.

젊은 사람의 죽음은 더욱 슬프고 안타깝게 다가온다. 어느 누구의 죽음이 그렇지 않겠느냐만, 아직 제대로 피어보지 못한 꽃의 떨어짐은 모두의 마음을 얼어붙게 한다.

그런데 사고 다음 날 이마트 도농점의 안내판에는 다음

과 같은 내용의 안내문이 붙었다.

'무빙워크 이용 안내. 현재 무빙워크 이용이 불가합니다. 지상 1층으로 이동하시는 고객께서는 엘리베이터를 이용해주시기 바랍니다.'

무빙워크를 이용할 수 없다면 1층으로 이동할 수 있는 다른 방법을 안내해두어야 한다. 당연히 붙여야 할 안내문이다. 그런데 이마트 측은 거기에 작은 글씨로 한 문장을 덧붙여두었다.

쇼핑에 불편을 드려 대단히 죄송합니다.

이마트라는 쇼핑몰, 그들에게 한 청년의 죽음은 '쇼핑하는 데 준 불편함'으로 규정되었다. 나는 누군가가 직접 찍어 페이스북에 올린 안내문 사진을 보면서 몹시 참담했다. 동시에 모욕적이기도 했다. 이마트를 찾는 사람들이 모든 감정을 잘라내고 쇼핑에만 몰두하는 것은 아니다. 인간은 어디에서든 감정을 가진 하나의 자아로서 존재한다. '쇼핑에 불편을 드렸다'고 사죄하는 것보다, 그 자리에 국화라도 몇 송이 놓아두었다면, 마트를 찾은 사람들은 그를 애도할 수 있었을 것이다. 그 한 문장을 덧붙이지 않았다고 해서 항의

할 사람은, 내가 짐작하기로는 거의 없다. 만약 그러한 이들이 있다면 거기에서 어떤 일이 있었는지 설명해주면 된다. 고객을 위해 그러한 문구를 적었다는 것은 염치가 없는 핑계다.

자본이 사람을 애도하는 방식이 대개 이와 같다. 무언가 세련되어 보이지만 보는 이들의 품격을 떨어뜨리는 문구를 하나 걸어두고 책임에서 이탈한다. 그것은 희생자가 아닌 자신을 위한 비열한 방식의 애도이고, 비판을 피해 가는 가장 효율적인 방식일 뿐이다.

얼마 전, 세월호 참사 4주기가 지났다. 나는 그날, 그 바다에, '관광에/낚시에 불편을 드려 대단히 죄송합니다'라는 안내판이 붙어 있는 것을 잠시 상상했고, 그러다가 곧 그만두었다. 상상하는 것만으로도 숨이 막히는 것이었다. 물론 관광지와 쇼핑몰을 단순히 비교하기는 어렵다. 특히 마트에서 물건을 사는 일은 생존의 행위다. 가족의 저녁 밥상을 위해서 어떤 재난이 있더라도 계속되어야 한다. 다만, 안내판을 읽을 그들을/우리를, 계속 삶을 살아가야 할 우리를 애도할 감정마저 없는 존재로 격하시키면 안 된다. 그리고 우리 역시 그 감정에서 멀어지거나 무디어져서도 안 되겠다. 누군가의 죽음을 두고 당신에게 불편을 드려 죄송함을 운운하는 안내판이 보이면 그 즉시 항의해야 한다. 마트든 어디든, 고객 센터라는 공간은 그럴 때 찾으라고 있는 것이다.

2018년 4월 16일에도 내가 아는 많은 사람들은 저마다의 방식으로 애도했다. 그것은 SNS의 프로필 사진에 노란색 리본을 더하는 것으로 나타나기도 하고, 잠시 희생자를 떠올리며 기도하는 것으로 나타나기도 하고, 곧 문을 닫는다는 안산의 합동분향소를 찾는 것으로 나타나기도 했다.

나에게도 내 나름의 애도 방식이 있다. 신용카드를 사용하고 서명을 할 때, 리본 모양을 그리는 것이다. 2014년 언젠가부터 그것을 나의 서명으로 사용해왔다. 그러는 동안 단 한 번 어느 점원이 나에게 "어떤 의미가 있는 서명인가요?"라고 물었다. 나는 그에게 "저, 그게… 추모의 의미입니다"라고 답했다. 그는 잠시 나를 쳐다보더니 나에게 영수증을 건네며 "저도 앞으로 이 서명을 사용하겠습니다"라고 말했다. 그가 정말로 리본 모양의 서명을 사용하고 있는지는 잘 모르겠다. 나는 여전히 물건을 살 때마다 리본을 그린다. 그 외에 내가 하는 것은 별로 없다. 다만 그렇게라도 일상에서 이 세월을 애도할 여유를 남겨두고 싶다.

사실 큰 재난을 애도하기는 쉽다. 우리가 아는 자본도 이때는 애도의 물결에 동참하거나 그것을 선도하기도 한다.

그러나 잔잔한 일상에도 재난은 찾아온다. 크고 작은 세월호가 언제나 우리 곁에 있다. 우리가 애도해야 할 대상은 자본에 종속되어 천박해진 이 세계 자체이고, 어쩌면 애도에서 점점 무디어져가는 우리들 자신인지도 모르겠다. 스물한 살 이명수 씨의 명복을 빈다.

정보라 작가를
응원하며

―――――――――

정보라 작가가 연세대학교를 상대로 퇴직금 및 수당 청구 소송을 제기했다. 그는 2010년부터 2021년까지 11년 동안 연세대학교 노어노문학과에서 시간 강사로 일했다고 한다. 매 학기 9학점의 강의를 했고 6년 동안 우수 강사로 선정되어 총장상을 받기도 했다. 그러나 그는 그렇게 성실하게 근속했음에도 불구하고 퇴직금을 지급받지 못했다.

나도 연세대학교 미래캠퍼스 국어국문학과에서 2012년부터 2015년까지 시간 강사로 일했다. 매 학기 6~8학점의 강의를 했고 3년 동안 강의 평점 상위 10퍼센트에 드는 우수 강사로 선정되었다. 그러나 나도 정보라 작가처럼 무엇도 보장받지 못했다. 그 후《나는 지방대 시간강사다》라는 책을 쓰고 대학에서 나왔다.

사실 퇴직금만 못 받았던 것은 아니다. 건강 보험이 보장되지 않았고, 대출을 받기 위해 찾아갔던 은행에서는 재직 증명서를 제출할 수 없어 발걸음을 돌려야 했다. 나는 아이가 태어나고부터는 학교 인근의 맥도날드에서 물류 상하차 일을 했다. 생계를 위해서, 그리고 건강 보험을 보장받기 위해서, 연구하는 시간과 강의 준비하는 시간을 줄였다. 그러는 동안 왜 대학이 아니라 맥도날드에서 나와 가족을 사회적으로 보장해주는 것인지, 왜 맥도날드에서 더 나를 노동자로 감각할 수 있는 것인지, 하는 물음표가 생겨났다.

대학에서 나온 이후 맥도날드도 함께 그만두었다. 그때 점장은 나에게 당신은 우리 매장에서 정말 중요한 사람이라고, 시급을 올려줄 테니 계속 일을 해달라고 말했다. 새벽마다 나와서 100개가 넘는 박스를 1년 넘게 묵묵히 옮긴 사람은 그 매장이 생긴 지 7년이 지나는 동안 나뿐이었다고 했다. 대부분 3주를 버티지 못하는 일이었다. 내가 이사를 간다고 적당히 둘러대자 그는 그러면 대한민국 어디로 이사를 가든 다음 날 아침부터 그 지역의 맥도날드에서 일할 수 있게 도와주겠다고 답했다. 같이 일한 사람에게 이러한 말을 들을 수 있는 건 행복한 일이다. 나는 그에게 일하던 대학에서 나오게 되었으며 어떠한 일이 있었다고 사실대로 말했다. 그는 그러면 어쩔 수 없네요, 라고 말하고는, 두 장의 서류를 내밀었다. 한 장은 내가 퇴직금을 받을 수 있다는 서류였고 다른 한 장은 가족의 건강 보험을 앞으로 1년 동안 보장해주겠다는 서류였다. 고마운 마음에 "저에게 왜 이렇게 잘해주시는 건가요?" 하고 묻자, 그는 웃으며 한 마디로 답했다. "민섭 님, 이건 법에 다 있는 거예요. 그냥 받으세요."

대학원생 조교 시절까지 감안하면 내가 10년 가까이 일한 대학보다도, 오히려 맥도날드가 나를 노동자로 대우해 줬다. 사실 맥도날드도 대한민국의 최저 기준의 법을 지킨 것뿐이다. 어떤 개인이나 회사가 최저 기준의 무언가를 지켰다고 해서 그 사람이 괜찮다거나 그 회사가 좋다거나 해서는 안 되는 법이다. 다만, 대학이 잘못되었다는 것만큼은 분명하다.

문학 공부만 했던 나는 처음으로 법이라는 것을 찾아보았다. 대학이 아니었다면 평생 법 없이 살았을 삶이었다. 건강보험법시행령에서는 주 15시간 이하 노동하는 사람을 초단시간근로자로 분류해 건강 보험을 제공하지 않아도 된다고 명시하고 있다. 그러니까 위법은 아닌 셈이다. 그러나 시간 강사의 노동이라는 것이 그렇게 강의실에서의 숫자로만 매겨질 수는 없다. 정보라 작가도 강의를 준비하고 학생들을 평가한 시간들이 함께 산정되어야 함을 주장한다. 그 사실을 대학이 가장 잘 알고 있다. 그러면서도 비용을 지출하지 않기 위해 강의 시수만을 노동 시간으로 주장하고, 한 사람에게 15학점 이상의 강의를 배정하지 않고, 노동의 연속성을 부정하기 위해 4개월마다 해고와 임용을 반복한다. 우리는 그런 것을 편법이라고 부른다.

비단 연세대학교만의 문제는 아니다. 오늘도 대한민국의 모든 대학이 당연하다는 듯 그렇게 하고 있다. 몇몇 시간 강사 선배들이 대학과의 퇴직금 소송에서 승리했듯, 정보라 작가의 승소를 응원한다. 법 뒤에 숨은 대학들이, 적어도 거리의 패스트푸드점보다는 나아지길 바랄 뿐이다.

＊ 2024년 10월 23일, 서울서부지법은 연세대는 정 작가에게 퇴직금과 노동절 급여를 지급하고, 정 작가는 주휴수당과 연차 수당을 포기하라며 '화해'를 권고했다.

재난 긴급생활비 신청서에서 찾은
'일상의 재난'

얼마 전 서울시 재난 긴급생활비를 신청하러 갔던 A가 나에게 카톡을 보내왔다. 신청하면서 몹시 화가 났다고 했다. 담당자와 직접 대면하는 방식이니까 공인인증서나 액티브X에 고통받을 일도 없었을 텐데, 평소 예민한 성격인 그가 무엇에 불편을 느꼈나, 우선 들어나 보기로 했다.

가족사항 (주민등록표 기준)	세대주와의 관계	성명	생년월일
	본인		
	처		

A는 자신이 찍었다는 신청서 양식의 사진을 보내면서 나에게 잘못된 부분을 찾아보라고 했다. 신청서에는 '서울

시 재난 긴급생활비 신청서'라는 제목이 있고, 그 밑에 세대주 정보와 가족 사항을 적는 난이 있었다. 신청 사유는 '코로나19로 인한 생계 위기'라고 적혀 있고, 타 제도의 지원을 받았는지 여부를 표시하는 난이 있었다. 어디 오타라도 있나, 띄어쓰기라도 잘못되었나 하고 살펴보다가 도무지 찾기 어려워서 "아니, 선생님, 그래서 뭐가 문제입니까?" 하고 묻자, 그는 가족 사항란(154쪽 표)을 자세히 보라고 했다.

다시 살펴보다가, 무언가 잘못된 것을 알았다. A가 평소에 유별난 성격이기는 하지만 이건 잘못된 것이 맞았다. 내가 "야, 이게 잘못된 거네"라고 말하려는데, A는 "내가 1990년대면 이해하겠는데 2020년에도 세대주는 무조건 남성일 것이라고 적어둔 공문서를 볼 거라고는 상상도 못했다. 넌 이게 안 보이냐"라며, 나의 무지몽매함을 비판했다. 그러고는 내가 억울함을 호소할 기회도 주지 않고 다시 이어서, "이건 코로나 때문에 지급하는 지원금에 대한 신청서니까 2020년에 새롭게 만든 문서일 거란 말이야. 그런데도 이렇게 적어둔 건 정말 잘못된 거잖아"라고 말했다. 사실, 그의 말이 다 맞았다. 1990년대든 2020년이든 여전히 남성이 세대주로 되어 있는 집이 상대적으로 많겠으나, A 부부처럼 여성이 세대주 된 경우도 적지 않을 것이다. 그러나 서울시의 재난 긴급생활비 신청서에는 그들이 이름을 적을 곳이 없는 것이다.

A가 담당 공무원에게 "저어, 이건 좀 잘못된 것이 아닌가요?" 하고 묻자, 그 담당자는 웃으면서 "옛날엔 당연하게 다 그랬는데 요즘 젊은 사람들은 안 그런가 보네, 허허허" 했다고 한다. A는 더 하고 싶은 말이 없어졌다고 했다. 그래서 '처'라는 글자를 지우고 '부'라는 글자를 새로 적고, 거기에 자신의 남편 이름을 넣었다. 어쩌면 이 역시 재난이다. 2020년에도 여전히, 자신의 이름을 적을 데가 없는 A와 같은 여성들이 있다는 것은, 정말로 슬픈 일이다.

사람은 자신을 규정할 언어를 필요로 한다. A 역시 누군가의 '처'로만 규정되는 것이 아니라, 세대주가 될 수 있으며 동시에 자기 삶의 주인으로 살아가고 있는 개인이다. 그러한 삶을 서울시뿐 아니라 우리 사회 전체가 단단하게 규정해야 하고, 적어도 무너뜨리지는 않아야 한다.

많은 공공기관들이 지금도 '○○ 신청서'와 같은 문서들을 만들어내고 있다. 어쩌면 별 문제의식 없이 오래전부터 사용해온 양식을 그대로 사용하고 있을 것이다. 책임질 일을 만들지 않는 가장 간편한 방식이다. 그러나 그 양식과 언어들은 시대에 따라, 그 시대를 살아가는 사람들의 모습에 따라, 계속 변화시켜나가야 한다.

    A는 재난을 극복하기 위해 찾은 공공기관에서 다시 한 번 일상의 재난을 경험해야 했다. 그들의 삶을 견인하는 데는 그들을 위한 언어가 필요하다.

아이들을 볼모로
파업한다는 표현

초등학생 아이가 학교에 빵을 싸 갔다. 학교의 급식 노동자
들이 3일 동안 파업한다고 했다. 아이는 밥보다 빵이 좋다
며 싱글벙글 학교로 갔다. 학교는 다양한 형태의 비정규직
이 존재하는 공간이다. 많은 부모들은 자신의 아이가 정규
직, 그중에서도 전문직이 되기를 기대하며 공교육의 현장에
보내지만, 아이들은 비정규직이 지키는 학교 정문을 지나,
그들에게 수업을 듣고, 그들이 만든 밥을 먹고, 다시 4대 보
험도 보장받지 못하는 보습 학원의 강사들을 만나러 간다.

　역설적으로 초등학교에서 대학교로, 다시 대학원으로
올라갈수록 그 비정규직의 형태는 더욱 다양해진다. 아무
리 간편한 노동의 시대가 되어가고 있다지만 학교가 그러한

시대의 흐름에 역행하지 않고 오히려 앞장서서 받아들이고 있다는 것은 슬픈 일이다.

여러 커뮤니티에서 "아이들을 볼모로 파업하는 일은 안 된다"는 글을 많이 보았다. 사람에게 중요한 것은 '먹는 일'이어서 급식 노동자들의 파업을 두고 학부모들의 걱정이 컸다. 도시락을 싸야 한다는 데 대한 번거로움과 아이들이 빵이나 라면을 먹어야 할지도 모른다는 두려움, 그런 것들이 '급식 대란'이라는 단어와 함께 분노의 감정으로도 확산되었다. 나는 유치원에 다니는 여섯 살 아이가 있어서, 당사자라기보다는 적당히 어중간한 자리에서 이 일을 지켜보게 되었는데, 몇 년 뒤 아이에게 무엇이라고 말해주면 좋을지를 고민해보았다.

그러나 '볼모'라는 표현은 도무지 어울리지 않는 것이다. 이만큼 아이들에게 사람과 노동의 가치에 대해 말해줄 수 있는 기회도 별로 없다. 네가 오늘 한 끼를 굶는 이유는 너의 밥을 만들어주시는 분들이 조금 더 행복하게 일할 수 있게 하기 위해서라고 말해주고는, 도시락이나 빵이나 김밥 같은 것이나 친구들과 맛있는 것을 사 먹으라고 얼마간의 돈을 건네주면 된다. 그러한 간편식을 몇 끼 먹는다고 몸이 망가지지는 않는다.

무엇보다 그 아이들도 자라나서 노동자가 된다. 누구라도 노동을 통해 자신의 삶을 영위할 수밖에 없다.

그러나 그들이 전문직이거나 정규직이 될 확률은 점점 줄어들고 있다. 대부분은 평범한 노동자가 되어 저마다의 노동의 공간에 존재하게 될 텐데, 그때 그 평범이라는 것의 기준은 지금과는 또 다를 것이다. 그들은 사람뿐 아니라 기계나 인공 지능과도 일자리를 두고 경쟁해야 한다. 아프지도 않고, 잠을 잘 필요도 없고, 의료 보험이나 퇴직금이 필요하지도 않은, 그러한 존재들이다. 여기에서 승리해 정규직이라는 목표에 도달할 수 있는 이들은 이전보다 더욱 줄어들 것이다. 어쩌면 노동하지 못하고 기계가 생산한 부를 기본 소득의 형태로 나누는 최초의 세대가 될지도 모른다.

우리는 평범한 노동자들의 처우를 지속적으로 개선해 나가야만 한다. 그들의 노동이 외로워지거나 슬퍼지지 않게, 그들의 목소리에 귀를 기울여야 한다. 이것은 결국 아이들의 미래를 개선하는 일이다.

그에 더해, 아이들을 볼모로 잡은 것은 그들을 돌보는 노동자들이 아니라 어쩌면 우리 자신일 것이다. '아이들을 위해서'라는 책임감과 사명감을 그들의 어깨에 지우고 자신들의 목소리를 낼 기회조차 박탈해온 것은 아닌지 돌아볼 필요가 있다. '아이들을 가르치는 사람이, 아이들을 돌보는 사람이, 어떻게…' 하는 그런 폭력의 언어는 스스로의 논리적·감정적 빈곤함을 드러낼 뿐이다. 그렇게 말하는 우리의 노동 역시 또 무언가의 무게에 짓눌려 많은 부분을 포기하고 있을 것이다.

학교 비정규직 노동자들의 파업은 우리에게 '나는 어떠한 노동자로/부모로 살아가고 있는가' 하는 물음표를 가지게 해준다. 이 파업을 대란으로만 여길 것인가, 아니면 아이들에게 사람과 노동의 소중함이라는 감각을 일깨워주는 교육의 계기로 삼을 것인가, 하는 선택이 모든 부모들에게 남는다.

혼자 잘 먹는 한 끼보다도 함께 덜 먹는 한 끼가 아이가 올바른 개인으로 자라나는 데 도움을 줄 것이다. 나는 그렇게 믿는다.

스승의 날을 맞이했을
스승들에게

아이가 유치원에 들어갔을 때, 5월이 되자 고민이 생겼다. 5월 15일에 무엇을 들려서 보내야 하나, 하는. '김영란법' 때문에, 혹은 그 덕분에, 일정 금액 이하의 범위에서 선물을 골라야 한다고 했다. 나는 어느새 아이의 아빠이면서 그의 스승을 신경 써야 할 자리에 이르렀다.

아마 나의 부모도 고민이 많았을 것이다. 특히 내가 초등학생이던, 정확히는 국민학생이던 1990년대에는 더욱 그럴 수밖에 없었다. 교사에게 보답해야 한다는 사회적 분위기가 있었다. 거의 모든 반의 칠판마다 '선생님 사랑해요' 하는 글씨와 그림이 색분필로 채워졌고, 교탁에는 그들을 위한 선물이 쌓였다. 반장의 주도로 스승의 은혜가 하늘 같다는 노래를 부르고 누군가는 감정이 격해져 울기도 했다.

문제는 그것을 당연하게 여기는 교사들이 무척 많다는 데 있었다. H교사는 "강남에서 일할 때는 트렁크를 열면 이런저런 선물이 많았는데 여기는 그렇지 않다"고 직접적으로 말하기도 했고, S교사는 선물을 가져오지 않은 아이 두엇을 앞으로 불러내서 "너희는 편지 한 통 쓰지 않았느냐"고 눈물이 나도록 혼내기도 했다. 사실 나에게 스승의 날은 교탁에 쌓인 선물과, 그것을 하나하나 열어보면서 학생의 이름을 호명하는 교사, 선물을 준비하지 못해 질책을 당하는 학생들, 그러한 야만의 기억으로 남아 있다.

물론 예외도 있었다. 6학년 때 담임이었던 J는 30대 젊은 교사였고 그는 자신 앞에 쌓인 선물에 당황스러운 표정을 지으며 "부모님들께 감사하다고 꼭 말씀드리세요" 하고는 서둘러 수업을 준비했다. 그러나 그때 학생들은 J에게서 오히려 서운함을 느꼈다. 그것이 그만큼 일반적인 반응이 아니었던 것이다. 20년 전에는 H와 S의 방식이 오히려 별다른 문제를 야기하지 않았다. 언제나 시대에 따라 그때는 맞고 지금은 틀린 문법, 문화의 방식이 있는 것이다. 다만 이제는 그러한 시대를 학생으로서 젊은 교사로서 겪어낸 이들이 교단에 서고 있고, 덕분에 지금의 5월 15일은 이전과는 많이 달라졌다. 스승의 날을 임시 휴일로 지정하기도 하고, 아예 폐지하자는 당사자의 청원도 올라온다. 여기에는 교권이라는 것의 추락과 달라진 스승의 역할 등 여러 이유가 작용하겠으나, 나는 나의 세대가 쌓아올린 지금의 풍경이 이전보다는 더 마음에 든다.

아이의 유치원에서도 "내일은 스승의 날입니다. 이날은 선생님들에게는 스승의 길을 걷는 사명감과 긍지로 제자들을 사랑하는 마음을, 제자들에게는 스승의 사랑에 감사하는 마음을 되새기는 의미 있는 날입니다. 이에 저희 유치원에서는 선물, 꽃바구니 등의 물건을 일절 받지 않으니 감사의 뜻이 훼손되거나 오해가 생기지 않도록 조심스럽게 부탁드립니다" 하고 모든 학부모에게 연락이 왔다. 나는 아내에게 "우리 아이는 참 좋은 유치원에 다니고 있는 것 같아" 하고 말했다. 스승의 날을 '제자들을 사랑하는 마음을 갖는 날'로 명시한 그 부분이 참 좋고 고마웠다.

스승의 날을 하루 앞둔 5월 14일에는 전국대학원생노동조합에서 '대학원생의 날'이 필요하다는 제안을 했다. 그들은 "푸코도 한때는 대학원생이었습니다. 튜링도 한때는 대학원생이었습니다. 퀴리도 한때는 대학원생이었습니다. 김윤식도 한때는 대학원생이었습니다. 모든 교수들도 한때는 대학원생이었습니다. (…) 거창한 행사는 없더라도, 대학원생 동료, 선후배, 제자들에게 따뜻한 말 한마디를 건넬 수 있는 날이 되도록 하면 어떨까요?"라고, 절박한 마음을 드러냈다.

스승의 날의 주체가 '스승'이듯이, 이날은 유치원에서든 대학교에서든 그들이 자신의 제자들을 돌아보는 날 역시 되어야 한다. 스스로를 위한 물음표를 만들어내고 거기에 답하는 주체적인 당사자가 될 때 비로소 의미 있는 날이 될 것이다. 특히 전국대학원생노동조합의 바람처럼, 자신 역시 언젠가는 대학원생이었던 교수들이 자신의 과거를 미화하지 않고 대학원생들에게 격려의 한마디라도 할 수 있는 날이 되기를 바란다. 단순히 선물을 거부하고 휴교를 하는 데서, 이제는 한발 더 나아가야 하는 것이다. 나의 아이가 학교에서 맞이하게 될 스승의 날은 그렇게 다시 조금은 또 다른 날로 다가갈 수 있으면 한다.

3부

기억을 다정한 나로
바꾸는 법

"그게 어때서요"

대학에서 시간 강사로 일하던 때, 건강 보험을 보장받기 위해 1년 남짓한 시간 맥도날드에서 물류 상하차 아르바이트를 했다. 가장 힘들었던 기억은 냉동 감자튀김 박스를 나르던 것도, 그리스 트랩(유수 분리 장치)의 음식물 쓰레기를 걷어내던 것도, 한겨울에 냉동 창고에 들어가야 했던 것도 아니다. 나를 아는 누군가와 매장에서 마주칠지도 모른다는 두려움이었다. 내가 가르치는 대학생이 올 수도 있고 시간 강사 동료들이 올 수도 있는 것이다. 그들을 납득시킬 만한 자신이 없었다.

대학원 후배가 햄버거를 먹고 있는 것을 본 일이 있다. 그때 나는 그가 갈 때까지 건자재실에 숨어 있었다. 한번은 나의 수업을 듣는 학생들이 햄버거를 먹고 있기도 했다. 나는 다음 수업을 위해 퇴근해야 했고 그러려면 그들을 지나쳐야만 했다. 고민하던 나는 다른 크루에게 부탁해 물류를 실어 나르는 작은 승강기에 웅크리고 앉았다. 몇 초 후면 나는 1층에 도착하고 그가 열림 버튼을 눌러줄 것이다. 그러나 어둠은 깊고 그 시간은 길었다. 승강기는 곧 흔들리며 멈추었지만 나는 계속 하강하는, 아니 추락하고 있는 듯했다. 나의 인생도 이처럼 언젠가부터 추락하고 있는 게 아닐까. 그들이 나를 알아보는 것이 왜 그렇게 두려웠느냐고하면, 그들도 비싼 등록금을 내고 수업을 듣고 있는 것이다. 자신을 가르치는 사람이 아르바이트하는 것을 보면 그들도 추락의 심정이 되지 않을까. 그들이 그러한 마음이 되길 바라지 않았다. 더불어 나도 그들에게 아르바이트생이 아닌 교수로서만 남을 수 있길 바랐다.

나는 대학을 그만두기까지 가족이 아닌 누군가에게 내가 맥도날드에서 일하고 있노라고 말한 일이 없다. 아니, 사실 단 한 번의 예외가 있다. 어느 학생과 면담을 하면서였다. 우리는 산책길을 함께 걸으며 이런저런 말을 나눴다. 그는 재수를 할지, 편입을 할지, 학생회나 동아리 활동을 열심히 할지, 아니면 연애라도 잘해야 할지 잘 모르겠다고, 새내기 대학생다운 고민을 말해왔다. 그러면서 어쩔 수 없다고, 자신이 공부를 더 열심히 했다면 좋은 대학에 들어갔을 것이고, 자신이 벌을 받고 있는 게 아니겠느냐고 담담히 말했다. 나는 그때 무척 슬퍼지고 말았다. 그도 이미 자신의 추락을 감지하고 있었는지도 모른다. 그러나 그는 나에게 다음과 같이 덧붙였다. "그래도, 교수님은 강의할 때 참 행복해 보여요. 애들이 교수님 이야기 많이 해요. 닮고 싶은 인생이라고요." 나는 그때 걸음을 멈추었다. 나도 벌을 받고 있다고 답해야 할 것 같았다.

그때 우리 앞엔 하나의 갈림길이 나타났다. 걷기 시작했을 때 우리는 교수와 학생의 관계였고, 곧 선배와 후배가 되었고, 이제는 다른 무엇이 되려는 참이었다. 나는 그에게 말했다. "혹시, 시내의 맥도날드에 가본 적이 있나요? 저는 거기에서 아르바이트를 하고 있어요. 건강 보험이 필요해서요. 이 삶이 행복하다고 할 수 있을지는 잘 모르겠어요. 저도 벌을 받고 있는 것 같아요. 아, 친구들에게는 말하지 말아주세요." 이제 우리는 교수-학생이 아닌, 선배-후배도 아닌, 아르바이트생과 완벽한 타인이 될 것이다. 그러나 그때 그가 나에게 답했다.

"그게 어때서요. 괜찮잖아요. 다른 애들도 멋있다고 할 거예요."

　그때를 떠올리면 종종 울고 싶은 마음이 된다. 그가 친구들에게 어떻게 말했는지는 알 길이 없다. 다만 강의실에서 행복해 보인 나의 모습이 내가 하는 다른 일로 인해 폄하되어야 할 이유도 없고, 오히려 누군가에게는 그 자체로 멋진 일이 되는 것이다. 그 이후로 나는 대학에서 나와 이런저런 일을 하며 지낸다. 그중에는 한 시절 나의 노동이자 공부가 되었던 대리운전도 있다. 나는 일을 나갈 때면 아이에게 말했다. "아빠, 대리운전 다녀올게. 잘 자고 있어!" 그에게는 괜찮은 모습만 보이고 싶다. 그가 그런 나를 닮아, 언젠가 어떠한 처지에서 살아가게 되든, 타인에게 "그게 어때서요"라고 먼저 말할 수 있는 사람이 되었으면 한다. 그때 그의 곁에 "멋있어요"라고 말해줄 사람들이 나보다 조금 더 많으면 좋겠다.

원주여고 학생들을
응원하며

얼마 전 원주여고의 신문 동아리 학생에게 연락이 왔다. 교훈(校訓)을 개정하고픈데 동문들의 반대로 이루지 못하고 있다며 나를 인터뷰하고 싶다는 것이었다. 나는《훈의 시대》(와이즈베리, 2018)라는 책을 쓰면서 공립고등학교의 교훈과 교가를 전수 조사했고 '훈'(訓)이라는 언어가 얼마나 낡고 보수적인 형태로 그 구성원들에게 모멸감을 주고 있는가를 살폈다. 남학교의 '충성, 용기, 의리', 여학교의 '순결, 고결, 정숙'과 같은 언어들. 산업화와 군부 독재 시기에 만들어진 50년이 넘은 그 훈들은 그 시기의 욕망을 담고 여전히 우리 곁에 숨 쉬고 있다.

　원주여고는 아내가 졸업한 학교다. 책을 쓰다가 "당신

학교의 교훈은 뭐였어?" 하고 물었을 때, 그는 잘 기억하지 못했다. 검색해보고서야 "착한 딸, 어진 어머니, 참된 일꾼"이었다고 말해주었다. 내가 교훈이 좀 이상하지 않으냐고 물었더니 그는 당신은 뭐가 또 불만이고 문제냐며, 그러면 너희 학교의 교훈은 무엇이냐고 되물었다. 그러고 보니 나도 잘 기억이 나지 않아서 검색해보고는 "의리, 지성, 친애"였다고 답했다. 그러자 그는 그 학교의 교훈이 더 이상하다고, 조직원들도 아니고 의리가 학교의 교훈이 될 수 있느냐고 말했다. 그때 나는 민망함과 함께 두 가지 사실을 깨달았다. 교훈이라는 것은 누구도 중요하게 생각하지 않는다는 것, 그럼에도 불구하고 지속적으로 노출되며 그에 익숙해진다는 것이다.

강원도를 대표하는 여자고등학교라면 원주여고, 그리고 지역의 이름을 가져온 강릉여고와 춘천여고가 있겠다. 각 지역에서는 굳이 지역의 약자도 넣지 않고 '여고'라고 부르는 것으로 안다. "나 여고 나왔어"라고 하면 원여고, 강여고, 춘여고를 나온 것을 의미한다. 내가 《훈의 시대》라는 책을 쓴 2018년에 강릉여고의 교훈은 "순결, 협화, 근면"이었고, 춘천여고의 교훈은 "순결, 성실, 봉사"였다. 4년이 지난 지금, 강릉여고의 교훈은 "자유롭게 꿈꾸고 자주적으로 배우며 창의적으로 미래를 가꾸자"로, 춘천여고의 교훈은 "꿈을 향한 열정, 실천하는 지성"으로 바뀌었다. 이 과정을 살펴보면 재학생, 교직원, 동문회, 모두가 동의했기에 가능한 일이었다.

사실 원주여고도 학교 부지를 이전하던 2012년, 재학생을 중심으로 교훈을 개정하고자 하는 움직임이 있었다. 강릉이나 춘천보다도 오히려 빨랐던 셈이다. 그러나 그 사실이 알려지고 나서 총동문회가 급히 열렸고 만장일치로 "전통을 파괴하는 행위를 반대한다"는 의견을 학교 측에 전달하게 된다. 동문회에서는 시대가 변해도 교훈은 변하지 않는 학교의 긍지이며 전통이라고 덧붙였다.

언어를 정서하고 다루는 일을 직업으로 삼으며 한 가지 배운 게 있다면, 언어는 전통이 될 수 없다는 것이다. 어느 한 시절의 구성원들을 규정하고 그것으로 그들을 움직이는 언어가 반드시 있다. 거기에 익숙해진 개인들은 그 언어와 자신을 동일시하고 그것을 전통으로 미화하며 다음 세대에게도 강요하기에 이른다. 원주여고뿐 아니라 우리 사회 곳곳에는 그 구성원들에게 모멸감을 주는, 그들이 선택하지 않은, 그러나 그들을 규정하고 통제하는 욕망의 언어 '훈'들이 가득하다. 적어도 교육 현장에서라도 이러한 낡은 언어를 발견하고 바꾸어나갈 필요가 있다. 전통이란 언어가 아니라 이처럼 끝없이 다음 세대를 위해 조직을 변화시켜나가고자 하는 행위에 가깝다.

지금이 아니더라도 우리 주변의 교훈들은 언젠가 바뀌어나갈 것이다. 변화를 바라는 다음 세대가 있다면 반드시 그렇게 된다. 춘천여고는 학생회장 후보가 교훈을 바꾸겠다는 공약을 내걸어 당선된 후 학생회에 안건을 발의했다고 한다. 이처럼 우리 모두는 스스로의 훈을 선택하고 그것으로 자신의 몸과 마음을 단단하게 만들어나갈 수 있어야 한다. 그러한 그들이 기성세대가 되었을 때 그다음 세대 역시 언어를 바꾸고자 하는 욕망을 가지게 되는 날이 올 것이다. 그때 언어가 전통이 되어서는 안 된다는 사실을 깨달은 그들이 그에 기쁘게 호응해주기를 기대한다.

원주 아카데미 극장의
보존을 바라며

나는 서울 마포구에서 태어나 20년을 살았다. 1980년대와 1990년대를 지나 2000년대에 이르러 지하철이 연장되고 내가 사는 망원동 인근에도 고층 건물이 들어서면서 나는 서울이라는 도시가 메트로폴리탄으로 성장하는 모습을 지켜보았다. 스무 살이 되고부터는 강원도 원주에 있었다. 잠시 머물 것으로 알았으나 학교와 직장 때문에 거기에서 20여 년을 살았다.

    내가 다닌 대학은 시내와는 30분 정도 떨어진 데 있었다. 30분에 한 번 오는 버스를 타고 한참을 나가야 터미널이라든가 중앙시장이라든가 하는 중심가가 나왔다. 내가 영화관에 간 건 2003년 겨울, 대학에 와서 첫 연애를 시작했던 때였다. A는 외지 사람들이 원주민이라고도 불렀던 원주 사람이었다. 시내의 영화관 앞에서 〈태극기 휘날리며〉를 보기 위해 그와 만났다. 추운 날이었다. 나는 영화관이 어디인지도 몰랐기에 그가 내리라고 하는 정류장 앞에 내렸다. 영화관의 이름은 '아카데미 극장', 표를 예매할 방법이 있었는지는 잘 기억이 나지 않는다. 아마 그런 건 필요 없다는 그의 말에 현장에서 표를 구매했을 것이다.

서울 마포 집에서 도보로 10분 정도 가면 나오는 멀티플렉스 영화관과는 참 많이 달랐던 기억이다. 표를 사고 문으로 들어가는 길이 무언가 시간 여행을 시작하는 듯도 했고, 들어가서 좌석을 찾아 앉자 그것이 마치 관광버스의 의자 같기도 했고, 의자 뒤엔 광고를 인쇄한 천 같은 게 붙어 있었던 것도 같다.

영화관엔 절반 정도 사람이 차 있었다. 영화를 보던 중 앞에서 하얀 연기가 피어올랐다. 익숙한, 아니 영화관에선 익숙해서는 안 될 냄새였다. 그래, 이건 담배 연기다. 놀란 표정으로 옆의 A를 바라보았다. 그도 나처럼 놀랐는지 아니면 이런 건 익숙하다는 반응이었는지는 잘 기억이 나지 않는다. 나중에 누군가에게 그 일화를 전하자 그는 그건 좀 선을 넘은 것 같지만 자신의 고향 영화관에서는 상영 도중 국밥을 시켜 먹는 사람도 보았다고 했다. 담배든 국밥이든, 그게 영화관에서 있을 수 있는 일인 것인가. 다만 이제는 어디에서도 볼 수 없는 낭만과 야만의 그 어느 사이, 지나간 시절의 한 기억이겠다.

1963년 문을 연 원주 아카데미 극장은 원주에 멀티플렉스 영화관들이 들어서며 2006년 폐관했고 이제 철거를 앞두고 있다. 원주에 있던 단관 극장 다섯 개 중 네 개가 철거되었고 이제 아카데미 극장만 남았다.

우리나라에서 그 원형이 보존된 가장 오래된 극장이라고 한다. 그래서 나는 이것 하나쯤은 남겨두어도 괜찮지 않겠나, 근대 문화 시설로서의 가치도 충분하지 않겠나, 하는 마음이 된다. 그러나 원주시는 올해(2023년) 아카데미 극장을 철거하고 주차장을 짓겠다고 공시했다. 많은 사람들이 반대하고 있으나 추석 전까지 철거하겠다는 입장이다.

극장 앞엔 철거를 반대하는 텐트가 들어섰고 '아카데미 친구들'이라는 이름을 가진 수십 명의 원주 시민들이 돌아가며 텐트를 지키고 있다. 원주에서 20년을 살았으니 내가 아는 얼굴들도 있는데, 그들은 지금까지 시위 현장에 한 번도 나가본 일도 없는, 내가 아는 가장 목소리가 작고 선한 사람들이다. 그들이 바라는 것은 아카데미 극장의 보존이고, 시에 요구하고 있는 것은 적어도 의회의 결정이 아니라 원주 시민들에게 의견을 묻는 절차를 거치자는 게 전부다.

나는 내가 어린 시절을 보낸 사랑하는 망원동에 망리단길이 들어서는 걸 보았다. 개발은 어떤 방식으로 이루어지느냐에 따라 지속과 치유가 되기도 하고 단절과 상처가 되기도 한다. 적어도 이 공간 하나쯤 남겨놓았으면 하는 바람을, 나도 보낸다.

* 이 글을 쓰고 약 한 달이 지난 2023년 10월 30일에, 원주시는 강제집행을 통해 아카데미 극장을 철거했다.

그들의
명복을 빈다

나는 2005년부터 2007년까지 모 지역에서 의무 소방원으로 군복무했다. 소방에 대한 꿈과 로망이 있었다기보다는, 휴가가 많고 근무가 그다지 힘들지 않다는 말에 응시한 것이었다. 그러나 소방 학교에서의 훈련은 왜 이렇게까지 하나, 싶을 만큼 힘들었다. 체력 단련 시간에 수없이 들었던 "너희가 힘이 없으면 구조하러 가서 구조당한다"라는 말이 아직도 선명하다. 지역 소방서의 본서에 배치받고 난 첫날 새벽에는 세 번의 사이렌이 울렸다. 스피커에서 마이크를 톡톡 치는 소리가 나자마자, 선임들은 모두가 4층에서 1층까지 뛰어 내려갔고, 몇 시간 후 돌아온 그들의 몸에서는 불냄새 비슷한 것이 났다. 물론 그날이 좀 과한 날이었다. 화

재가 없는 날들이 조금 더 많았다.

나는 구급&화재 부서에 배치받았다. 구급 출동이 있으면 응급 구조사와 함께 구급차를 탔고 화재 출동이 있으면 방수복을 입고 방수모를 챙겨서 소방 펌프차 끄트머리에 앉았다. 대도시의 의무 소방원들은 주로 사무 업무에 배치된다고 들었으나 2교대로 돌아가는 이 지역은 그럴 형편이 아니었다. 화재 현장에 도착하면 고임목을 받치고, 말린 호스를 몇 개씩 쭉 펴서 잇고, 관창(管槍, 소화전 끝부분에 달려 있는 분출 장치)을 잡고 진입하거나 했고, 돌아오면 까만색이 된 호스를 고압 분사기로 세척해서 널었다. 나는 내무실에서 존경받는 선임도 아니고 현장에서 신뢰받는 대원도 아니었으나, 그럭저럭 거기에 있었다.

어느 날, 수난 구조 요청이 들어왔다. 나는 그때 외곽의 작은 출장소에서 직원 두 명과 근무하고 있었다. 강에 사람이 빠졌고 건져내기는 했으나 의식이 없다고 했다. 본서에서 출동한 수난 구조대는 돌아가고 나와 응급 구조사 한 명이 현장으로 갔다. 하천으로 가는 진입로는 차가 갈 수 없는 곳이었다. 구급차를 세우고, 장비를 챙긴 우리는, 그들이 있는 곳으로 뛰었다. 적어도 1킬로미터는 되는 거리였으니 아무리 열심히 뛰어도 5분은 걸릴 것이었다. 그러나 이럴 땐 몸과 마음이 약한 사람도 단단한 사명감을 덧입게 된다. 구급대원과 나는 쉬지 않고 뛰었고 우리를 본 신고자들이 어서 오라 소리 지르고 손짓을 해 더 빨리 뛰었다.

구조된 사람은 의식이 없었다. 이 상황을 구조라고 해야 할지는 잘 모르겠다. 그를 둘러싼 사람들이 CPR, 그러니까 심폐 소생술 같은 걸 하고 있었다면 얼마나 좋았을까. 신고자들은 그를 물에서 건져내기는 했으나 그 이후로는 아무것도 하고 있지 않았다. 구급대원은 그에게 달려들어 가슴을 압박하기 시작했다. 하나 둘 셋 넷 (…) 열다섯, 하나 둘 셋 넷 (…) 열다섯. 그러던 그가 나에게 말했다. "민섭아, 구급차에 가서 산소통 가져와." 신고자들 앞에서 평온함을 유지한 목소리였지만 나에겐 그 어느 때보다도 다급하게 들렸다. 다시 구급차로 뛰어가서, 내 키 반만 한 무거운 산소통을 떼어서 들고 그들에게 뛰어가다가, 나는 내가 5분 안에 갈 수 없을 것을 알았다. 골든 타임이라고 부르는 4분은 이미 우리가 도착하기 전에 지나 있었다. 뇌사가 진행 중일 것이다. 그러나 우리가 도착한 때부터 4분이라고 믿고 싶었고, 어떻게든 이 산소통을 4분 안에 옮겨두고 싶었다. 울면서 뛰어가던 그때 어디선가 환청이 들려왔다. '너희가 힘이 없으면….'

병원으로 가는 동안의 CPR은 나의 몫이었다. 하나 둘 셋 넷 (…) 열다섯. 출장소로 돌아온 소방관은 소주 한잔을 바깥에 뿌리고 가만히 고개 숙였다. 명복을 비는 그만의 방식이었다. 그는 어떤 마음으로 '요구조자'에게 달려갔을까. 내가 만난 소방관들은 평범하고 각자의 욕망에 충실한 사람들이었지만 적어도 현장에서의 그들은 모두 단단한 사명감을 덧입고 있었다. 2년이라는 짧은 시간 그들과 함께했고, 내가 제대한 이후 그들 중 두 명의 소방관이 순직했다. 한 명은 소방 학교의 교관이었고 한 명은 출장소의 부소장이었다. 그렇게 누군가를 향해 달려가는 그들이 있기에 오늘과 내일의 안온한 우리가 있다. 2022년 1월, 화재 진압 중 순직한 이형석, 박수동, 조우찬 소방관의, 그리고 타인을 위한 일을 하다가 우리의 곁을 떠난 모두의 명복을 빈다.

출판사의 통장과
크리스마스

며칠 전, 크리스마스가 얼마 남지 않았던 날, 나는 아이의 첫 재롱 잔치를 보기 위해 유치원에 있었다. 아이한테도 나한테도 적당한 설렘과 긴장이 일던 그때 S출판사로부터 메일을 받았다. 그 내용을 읽고 통장을 확인하곤 옆의 아내에게 "오늘 우리 맛있는 거 먹으러 가자"고 말했다. 이유를 묻는 아내에게 "돈이 갑자기 많이 들어와서…"라고 답했다.

이 출판사와의 인세 계약 조건은 아마도 후지급이었을 것이다. 2쇄가 모두 판매되고 3쇄를 찍으면 그때 2쇄에 대한 인세를 지급하는 방식이거나, 아니면 1년에 두어 번 책이 팔린 만큼 인세를 지급하는 방식이었을 것이다. 사실 그런 걸 세세하게 살피고 계약하는 건 아니어서 인세가 들어오면 오나 보다, 안 들어오면 책이 안 팔리나 보다, 하고 짐작하는 것이 전부이기는 하다. 그런데 갑자기 '많이'라고 할 만한 돈이 입금된 것은 새롭게 찍을 다음 쇄에 대한 인세까지 함께 받게 되었기 때문이다.

업계의 표준 계약이라고 하면 대개는 후지급 방식이다. 출판사로서는 팔리지 않은 책의 인세 비용까지 먼저 지급하는 부담을 줄일 수 있다. 내가 만든 1인 출판사도 그 방식을 택하고 있다. 대신 그만큼의 인세는 작가에 대한 미안함과 마음의 빚으로 남게 된다. 그렇다고 해서 선지급 방식으로 미리 인세를 받으면 작가가 무조건 행복해지느냐고 하면 그것도 아니다. 책이 잘 팔리지 않는 현실을 뻔히 알기 때문에 출판사에 미안해지는 것이다. 나에게 "당신의 출판사에서 책을 내고 싶습니다. 1쇄의 인세는 받지 않겠습니다"라고 말한 작가도 있었다. 그는 내가 아는 가장 훌륭한 작가 중 한 명이었고 적당한 시간을 두고 충분히 1쇄를 소진시킬 만한 작가였음에도 그렇게 말했다. 업계의 사정이라는 것을 알고 있는 이들에게 인세라는 것은 먼저 받기에도, 주기에도 민망한 그런 것이 되고 만다.

S출판사 대표는 "고생해 책을 써도 잘 팔리지 않는 상황에서 우리의 이런 선택이 작게나마 작가님들께 도움이 되

면 좋겠습니다"라고 했다. 그도 나도 서로 쉽게 행복해지기 어려운 업계의 구조적 문제 안에서, 이러한 개인의 마음은 있는 그대로를 넘어 받는 사람의 처지와 더불어 확장된다. 사실 책 1000~2000권의 인세가 많아 봐야 얼마나 많겠냐마는, 받는 마음은 책의 무게보다도 더 채워지는 것이다.

〈머니볼〉이라는 영화의 어느 장면이 기억에 남아 있다. 팀을 리빌딩하려는 야구팀 단장이 다른 팀에서 방출당한 야구 선수의 집을 찾아간다. 그 자리에서 수십만 달러의 계약서를 쓰고 빠르게 나오는데, 그 직후 선수와 선수의 아내가 "이거 봐, 말도 안 돼…" 하고 서로 껴안는 데서 나는 괜히 눈물이 날 것 같아 이 부분을 몇 번이나 돌려보았다. 나는 그때 대학원생이었다. 나에게도 그런 크리스마스가 찾아오면 좋겠다고, 그때 소중한 사람들이 옆에 있으면 좋겠다고 바랐던 것이다.

공연을 끝낸 아이와 함께 유치원에서 나왔다. 아이가 가판에 놓인 브롤스타즈 인형 꽃다발을 사고 싶다고 해서 가격을 물어보니 3만 5000원이라고 했다. 아니, 이 조악한 것이 그 가격이라니! 그래도 오늘의 나는 이걸 사도 괜찮아, 하고 결제를 하려는데 이미 아내가 "뭐라는 거야. 다른 거 사줄게" 하고 아이를 끌고 앞서 걸어가고 있었다. 어떤 비싼 음식이든 먹으러 갈 준비가 되어 있던 나는 아이의 의견에 따라 동네 돈가스집에 갔다. 이전보다 몸집이 자란 아이들에게 돈가스를 하나씩 시켜주었다. 아마 〈머니볼〉의 야구 선수도 그 크리스마스 밤에 가족과 함께 맛있는 것을 먹으러 갔을지 모르겠다.

크리스마스를 앞두고 내가 만든 출판사에서 책을 낸 두 작가님께 다음과 같은 메시지를 보냈다. "지금까지 찍은 책의 인세를 오늘 모두 지급하려고 합니다. 크리스마스 선물이라고 생각해주세요." 덕분에 출판사의 통장은 정말로 비어버렸지만 두 작가님의 크리스마스는 그 금액보다 조금 더 많이 채워졌을 것이다. 다음 쇄의 지급도 형편이 된다면 선지급 방식으로 계속 드리고 싶다.

우리 모두 저마다의 구조적 문제에서 자유롭지 못하지만 그 안에서 어떻게 타인과 함께 잘 살아갈 것이냐 하는 문제는 결국 스스로 선택해야 한다. 누군가에게 받은 마음을 다시 타인에게 돌려주는 일은 중요하다. 크리스마스와 연말은 그러한 마음을 전하기 조금 더 좋은 시기일 것이다. 모두에게 메리 크리스마스!

책 읽는
노르망디 해변

———————

2023년 봄에, 홍세화 선생님이 강릉에 왔다. 그는 내가 쓴 《대리사회》(와이즈베리, 2016)라는 책에 추천사를 써주며 나와 인연을 맺었다. 나는 대학에서 나와 대리운전을 해 가족을 부양했고 그는 젊은 시절에 프랑스로 망명해 파리에서 택시 운전을 했다. 둘 다 운수업에 종사했던 게 아닌가. 서로의 삶의 궤적이 조금은 닮았다고 혼자 여기고 있었다.

　내가 문을 연 서점 '당신의 강릉'의 첫 행사는 그를 모시는 것이었다. 그는 내가 아는 가장 좋은 어른이었고 그래서 '우리는 어떤 어른이 되어야 하나요'라는 제목의 대담을 열기로 했다. 그러자 나의 가장 친한 친구 한 명이 떠올랐다. 고등학교에서 국어 교사이자 학생부장으로 근무하고 있는 이원재 씨는 종종 힘들다고 말한다. 언젠가는 나에게 말했다. "너무 힘들다. 해야 할 일이 너무 많아. 그런데 제일 힘든 건 나도 아직 애들 같은데 학생들 앞에서 어른인 척해야 하는 거야. 좋은 어른이란 뭘까. 나도 알고 싶어." 그에게 홍세화 선생님과의 대담을 권했다. 그래서 '교사는 어떠한 어른이 되어야 하나요?'라고 제목을 변경해 두 사람이 만나 이야기 나눴고, 이날의 대담을 《어떤 어른이 되어야 하냐고 묻는 그대에게》(홍세화·이원재, 정미소, 2024)로 출간했다.

그는 바다를 보고 하루 숙박하고 다음 날 돌아갔다. 며칠 후, 그에게 메시지가 왔다. "엊그제 에마뉘엘 마크롱 프랑스 정부에 부분 개각이 있었는데 새 교육부 장관에 서른네 살의 청년 가브리엘 아탈이 기용됐습니다. 그는 동성 결혼자이기도 합니다. (…) 그럼에도 한국에서는 상상하기 어려운 구조가 있다는 것을 부정할 수 없네요."

강릉에서 진행했던 북토크에서 청중이 이원재 씨에게 물었다. 당신이 교육부 장관이 된다면 어떻게 하겠느냐고. 마흔 살 이원재 작가는 답했다. 그건 있을 수 없는 일이지만 만약 그렇게 된다면 대한민국의 대학 서열화를 멈추고 학제에 따른 n분의 1로 모든 대학을 재편하고 싶다고 했다. 사실 나도 있을 수 없는 일이라고 생각했다. 대학의 재편보다도 마흔 살 평교사 이원재 씨의 교육부 장관 임용이라는 것이 더욱 요원한 일이 아닐까. 그의 발언이 불편하지 않았던 것은 그럴 리가 없는 일을 전제했기 때문이다. 상상 속의 말들을 꺼내는 것은 가볍고 쉬운 일이다.

"아, 선생님. 서른네 살 청년이 교육부 장관이라니요. 저희가 그날 농담처럼 했던 마흔 살 이원재 선생 교육부 장관론이 저기에서는 현실이 됐네요."

홍세화 선생이 이번에는 사진 두 장을 보내왔다. 언젠가 찍은 프랑스 노르망디 해변이라고 했다. 나는 외국의 해변을 본 일이 아직 없었다. 기대했던 것처럼 물의 색이 예쁘지도 않고 해변의 경관도 평범하기 그지없었다. 나의 집 근처 강릉의 안목과 송정 해변이 노르망디보다 나았다. 그런데 홍세화 선생은 해변의 다른 풍경을 나에게 보게 만들었다.

"해변에서 책 읽기: 노르망디 지방의 작은 마을 'La Veules les Roses'(뵐르 강변의 장미 마을) 풍경입니다. 제 눈을 끈 것은 해변에 설치된 임시 도서관에서 책을 읽는 어린이, 청년, 어른의 모습이었어요."

그 별것 없어 보이는 노르망디 해변의 좋은 자리에는, 간이 도서관 같은 것이 있었다. 컨테이너 두어 개를 붙여 만든 것처럼 볼품없기는 했으나 사람들은 그 앞마당에서

햇볕을 쬐면서 캠핑 의자 같은 데 앉아 책을 보고 있었다. 해변에 카페나 술집이나 편의점이나 횟집 말고, 도서관이라는 게 있구나. 그리고 사람들이 그 앞에서 책이라는 것을 읽는구나.

프랑스 노르망디 해변엔 도서관이 있다. 내가 굳이 책을 싸 가지 않아도 해변에서 책을 읽을 수 있다. 대한민국, 굳이 도서관을 찾아가야 하고 그나마 있는 도서관에 대한 지원도 줄이겠다는 목소리가 늘 들려오는 나라. 그러나 어딘가에는 사람들이 몰릴 만한 곳이면 거기가 어디든 임시로라도 도서관을 설치해 사람들이 책을 읽을 수 있는 구조와 환경을 자연스레 만들어두는 나라가 있다. 나는 홍세화 선생에게 "저게⋯, 선진국이군요" 하고 답했다.

강릉에 살며 해변에 자주 간다. 바다는 예쁘고 해변에선 필요한 무엇이든 구매할 수 있다. 그러나 '책 읽는 해변'이란 네이밍을 상상해본 일은 없었다. 그건 마치 이원재 씨가 교육부 장관이 되는 것만큼이나 희귀한 일이 아닐까. 보여주기 위해 무언가 짓고 책을 가져다두고 사업으로 소개하고, 그런 것 말고, 어느 해변에 가든 작은 임시 도서관이 있어 거기에서 아이들과 함께 책을 빌려 읽을 수 있다면 좋겠다.

우리 주변 어디에나 책이 있으면 좋겠다. 물론 예산 낭비가 될지도 모른다. 그러나 읽고 안 읽고는 중요한 게 아니다. 그저, 어디에든 책이 있는 환경을 조성해두는 게 선진국이고 선진 도시 아닌가. 그래야 평교사 출신의 30대 교육부 장관이 나온다고 해도 이상할 게 없는 나라가 될 게 아닌가.

＊ 홍세화 선생님은 2024년 4월 18일, 암으로 별세하셨다. 그의 마지막 순간에 나는 사람은 어떻게 살아야 하느냐고 여쭈었고 그는 '겸손'이라는 유언 같은 단어를 남겼다. 늘 소년 같았던, 그러나 내가 아는 가장 좋은 어른이었던, 그의 명복을 빈다.

세월호가
만들어낸 세대

나는 작년(2018년)에 나와는 열 살 차이인 90년대생, 70년
대생 두 사람과 독특한 인연으로 만났다. 그들과 적당히 친
해지고서는 언젠가 조금 더 친해지고 싶은 마음에 "지금까
지 두 분 자신에게 가장 큰 영향을 준 사건이 무엇이었나
요?" 하고 물었다. 그러면서 나에게는 그것이 '2002년 월드
컵'이었다고 덧붙였다. 2002년에 나는 스무 살이었다. 태극
기를 들고 신촌 거리를 뛰어다니면서 무척 행복했다. 사실
나에게 그 거리는 전경과 대학생이 아니면 서 있을 수 없는
공간이었다. 초등학생 시절의 나는 최루탄 때문에 손수건
을 항상 준비해야 했다. 그러나 2002년에 아, 이렇게 거리
에 함께 모여도 되는구나, 그리고 멋진 일을 만들어낼 수 있

구나, 하는 감각을 얻었다. 내가 한 개인이자 청년으로서 대한민국의 몇몇 현대사의 순간에 촛불을 들고 거리로 나갈 수 있는 용기도 그때 내 몸에 새겨진 것이다.

나는 그들의 답을 짐작해보았는데, 1970년대생은 IMF를, 90년대생은 최근의 촛불 집회를 각각 말하지 않을까 했다. 그러나 정확히 스무 살 차이가 나는 둘은 동시에 같은 답을 했다. 그러니까, 2014년 4월 16일, '세월호'였다. 그 이유도 거의 비슷했다. 그들은 다음과 같이 말했다. "제가/저의 아이가 거기 있다면 어떻게 되었을까를 생각했어요."

나는 2014년에 막 서른이 넘은 참이었다. 대학에서 시간 강사를 시작했고, 개인적으로 감당하기 어려운 여러 일들이 밀려들었던 때다. 나뿐 아니라 83년생인 주변의 친구들 모두가 비슷하게 순탄하지 않은 시기를 보내고 있었다. 주변은커녕 자기 자신을 돌아볼 여유가 별로 없었다. 어쩌면 모두의 서른 즈음이 대개 그러할 것이다. 그래서인지 세월호의 뱃머리가 사라져가는 모습을 보면서도 가슴이 먹먹하기는 했으나 '내가 저기에 있다면' 혹은 '나의 아이가 저기에 있다면' 하는 데까지 상상하기는 어려웠다. 나의 공감능력이 그다지 좋지 않은 탓도 있겠고 출산과 육아라는 미션을 수행할 자신도 없었으니 '나의 아이' 역시 없을 수밖에. 그러나 70년대생과 90년대생의 몸에 세월호라는 재난은 자신과 자신이 사랑하는 이들의 재난으로 깊게 새겨져 있었다.

개인과 동시하는 역사는 그들의 몸과 사유를 형성하는 데 큰 영향을 미친다. 특히 재난이 그렇다. 나는 어린 시절에 성수대교와 삼풍백화점의 붕괴를, 서해훼리호의 침몰을 지켜보았다. 그 잔상이 내 몸 여기저기에 여전히 묻어 있다. 그러나 재난보다도 오히려 그 재난을 극복하는 방식이 그것을 목도하고 자기화한 이들의 삶의 태도를 바꾸어놓게 된다. 잘 극복된 재난은 그 이후의 사람들을 더욱 강하게 만들고 다시 그러한 재난이 일어나지 않게 한다. 반면 잘 극복되지 않은 재난은 오히려 그 이후를 더욱 참혹하게 만든다. '어떻게 구조했는가'만큼이나 '어떻게 사과했는가', '어떻게 진상을 규명했는가', '어떻게 책임졌는가', '어떻게 위로했는가' 하는 문제는 중요하다. 세월호는 여전히 현재 진행형의 재난이다. "왜?"라는 여러 질문에 대해 제대로 답하지 못하고 재난 이후의 재난을 계속 만들어내고 있다.

세월호를 자신에게 가장 큰 영향을 준 사건으로 규정한 90년대생과 70년대생 두 사람은, 하나의 공통점을 더 드러냈다. '나의 아이들을 외국에서 키우고 싶다'는 것과

'기회가 되면 외국에서 살고 싶다'는 것이었다. 실제로 70년 대생은 지금 한국에 없다. 작년 여름 가족과 함께 미국 실리콘밸리로 이민 갔다. 외국어를 할 수 있는 엔지니어라는 그의 능력이 뒷받침되었기에 가능한 일이었겠다. 세월호 이후, 이민이 삶의 한 명제이자 목표가 된 어느 세대들이 탄생했다. 그것을 드러내는 개인의 차이는 있을지라도 몸에는 이미 그 단어가 새겨지고 말았다. 80년대생들이 갖고 있는 '탈조선'이라는 해묵은 유행어와는 그 차원 역시 다르다. 이 자체가 이미 돌이키기 어려운, 대한민국이 직면한 거대한 재난이다.

그들의 마음을 구조하는 데는 많은 사회적 비용과 시간이 필요할 것이다. 이 현재 진행형인 재난이 어떻게 극복될 것인가를 내가 만난 70년대생과 90년대생뿐 아니라 많은 이들이 지켜보고 있다. 세월호 이후 몇 년의 세월이 지났다. 지겨움을 호소하기에는 오히려 구조를 기다리는 사람들이 늘었다. 몇 주기라는 기억의 순환 때문이 아니더라도 우리에게는 세월호라는 재난을, 그 재난 이후의 재난을 극복해야 할 책임이 남는다.

이더리움을
샀다

2019년에 이더리움이라는 가상 화폐를 샀다. 사람의 노동에 대한 책을 쓰고 있던 때였는데, 그 질문에 도저히 답할수 없게 되었기 때문이다. 대학생과 중·고등학생들이 주로가는 온라인 커뮤니티에서도 "일해서 뭐해, 출근하는 것보다 비트코인 사면 돈을 더 버는데" 하는 내용의 글이 매일올라왔다. 해외에서 가상 화폐를 사서 다시 한국으로 돌아와 팔고 15~30퍼센트의 이상한 환차익을 보는 원정대도생겼다고 했다. 그 어느 때보다도 노동이 조롱받는, 그 가치에 대해 제대로 답할 수 없는 시대가 왔다.

"일 진짜 왜 하냐 ㅋㅋㅋ" 하는 어느 고등학생의 게시물을 보고는, 글쓰기를 멈추고, 가상 화폐 계정을 만들었다.

문학 공부만 해온 내가 가상 화폐에 말을 보태는 것은 의미 없는 '꼰대의 한마디'가 될 테고 우선은 그 입장이 되어보기로 했다. 휴대폰 화면을 보며 "가즈아!" 하고 외치는 그들을 이해해보려면, 직접 사는 것 말고 별 방법이 없을 것 같았다. 그래서 책을 계약하며 받은 인세보다 조금 많은 돈을 이더리움을 사는 데 썼고, 처음으로 '화폐'에 대한 공부도 조금 했다. 인세라 봐야 얼마나 되겠냐만, 나에게는 적지 않은 금액이었다. 그래도 신경이 쓰일 만큼의 돈을 넣어두어야 할 것 같았다. 왜 이더리움이었느냐고 하면 비트코인을 비롯해 리플, 이오스, 퀀텀 등등 많은 가상 화폐들이 있었지만, 그 이름이 가장 마음에 들었다. 친분이 있는 어느 기자도 이름이 예뻐서 이더리움을 선택했다고 해서, 둘이 같이 한참을 웃었다.

저녁에 140만 원을 주고 산 1이더리움은, 자기 전에 보니 150만 원이 되어 있었다. 이러다 의도치 않게 큰 수익을 내는 건 아닌가, 하고 조금은 설레는 마음으로 잠들었다. 아침이 되니 1이더리움은 100만 원까지 떨어져 있었다. 그러니까, 그 몇 시간 사이에 30퍼센트가 넘게 움직인 것이다. 며칠 오르고 내리고를 반복하던 이더리움은 120만 원이 되었다. 그러는 동안 노동에 대한 감각은 자연스럽게 옅

199

어졌다. 내가 글을 쓰든 강연을 하든, 대리운전을 하든, 그 노동의 대가보다 많은 금액이 시간 단위로 움직이는 것을 보니 정말로 조금은 기운이 빠지는 것이었다. 이익이 나면 나는 대로, 손해를 보면 보는 대로, '일해서 뭐하나…' 하는 심정이 되었다. 아마도 가상 화폐에 투자한 이들이 거의 이런 감각을 공유하지 않았을까.

이것은 별로 '투자'라고도 '노동'이라고도 할 수 없는 일이다. 공부하며 알게 된 가상 화폐의 가능성은 무척 멋진 것이지만, 1비트코인의 적정한 가치가 어떻게 되느냐는 질문에는, 아마 누구도 답할 수 없을 것이다. 스스로 공부하고 감당할 만한 돈을 투자하는 것은 나름의 노동이 된다. 그러나 "이름이 멋져서 남들 따라 그냥 샀다"고 고백하는 식의 가상 화폐 투자는, 아무래도 자기 자신과 이 사회를 갉아먹는 행위가 될 뿐이다. 나도 거기에 일조했으니 반성해야 한다.

물론 우리 사회가 그동안 노동과 노동자에 대한 대우를 제대로 해주었는가, 하는 문제가 남는다. 젊은 세대는 노동이 제대로 보상받지 못하는 것을 보며 자라왔다. 그들이 가상 화폐에 열광하고 그것을 신분 상승을 위한 '유일한 동아줄'로 표현하는 것은, 사회가 가진 구조적 문제에서도 기인한다. 그러나 그것이 등록금을 끌어오거나 마이너스 통장을 만들어 가상 화폐를 사는 것에 대한 핑계가 될 수는 없다. 무엇보다도, 건강한 노동을 해나가는 이들을 조롱해서는 안 된다. 모든 노동은 서로 촘촘히 맞닿아 있다. 개인의 생계를 위한 그 행위들이 모여 우리 사회를 지탱하고 있는 것이다.

우리 사회는 '사람은 왜 노동하는가?'에 대한 답을 근본적으로 새롭게 해야 할지 모른다. 가상 화폐 이전과 이후의 노동의 가치는 많이 다를 것이다. 나는 곧 이더리움을 팔았다. 왠지 그래야 내가 아는 나로 돌아갈 수 있을 것 같았다.

가상 화폐뿐 아니라 또 새로운 무엇이 등장해 우리를 유혹할 것이다. 그때 우리는 휴대폰을 바라보며 "가즈아, 영차영차" 하고 외치는 동시에 '나는 왜 노동하는가'에 대한 질문을 조금씩 키워갈 것이다. 그에 대한 고민을 함께 시작하면 된다. 원화를 채굴하는 평범한 노동자들에 대한, 우리 스스로의 노동에 대한 인식과 대우부터 달라져야 한다. 그래야 무엇 앞에서든 흔들리지 않게 될 것이다.

여전한 당신들의
안녕을 바라며

'스마트안경점'은 망원우체국 사거리에 있는 적당한 규모의 안경점이다. 1991년부터 자리를 잡은 그곳에서 나뿐 아니라 성산동과 망원동의 아이들이 대부분 첫 안경을 맞췄다. 주인인 30대 남자는 언제나 친절했다. 시력 검사를 하고, 테와 렌즈를 고르고, 시간이 걸려 안경이 완성되고 나면 그는 "자, 한번 볼까" 하면서 손수 안경을 씌워주었다. 그때 볼의 약간 윗부분에 그의 손이 닿았다. 참 따뜻했다고, 나는 기억하고 있다. 스무 살이 되어 나는 망원동(성산동)을 떠났다. 그러고는 학교 때문에, 군대 때문에, 직장 때문에, 그 무엇 때문에 계속 멀어져 있었다. 한동안 안경점에 갈 일도 별로 없었다. 이전처럼 안경을 자주 부러뜨리지도 않

았고 시력이 크게 변할 일도 없는 나이가 되었다. 직장 근처에는 '안경나라'나 '다비치' 같은, 점원을 몇 명씩 두고 영업하는 대형 안경점들이 있어서 주로 거기로 갔다.

얼마 전 "스마트안경 딸입니다"라고 시작하는 메일을 한 통 받았다. 안경점 주인의 딸이라고 밝힌 그는, 그 무렵 출간한 나의 《아무튼, 망원동》(제철소, 2017)이라는 책을 잘 읽었다면서 "작가님이 저희 부모님의 사업체에 대해 좋은 추억을 갖고 계신 것 같아서, 반갑고 정말 감사드립니다. (…) 시간이 괜찮으시면 12월 중순쯤에 한번 가게에 방문해주시겠어요?" 하고 제안했다. '도시를 자신의 고향으로 기억하는 사람들을 위한 책'이라는 《아무튼, 망원동》을 내고서, 아무튼, 가장 기쁜 순간이었다. 답장을 보내고 곧 만날 약속을 잡았다.

가는 길에, 동네 책방인 한강문고에서 나의 책을 한 권 샀다. 별로 많이 팔린 책이 아닌데도 베스트셀러 매대에 작은 메모까지 더해서, 왼쪽에는 유시민 작가, 오른쪽에는 노벨 문학상 수상자의 책이 있는 그 가운데에 놓여 있었다. 동네 작가의 책을 굳이 잘 보이는 매대에 놓아준 동네 책방의 후의에 깊이 감격했다. 한강문고부터 스마트안경점까지 약 3분쯤 걸리는 그 거리를, 어느덧 아홉 살에서 서른다섯 살로 훌쩍 자란 나는 나의 책을 들고 걸었다. 문을 열고 들어가자 주인 내외가 나를 보고는 아, 왔네, 하고는 "아니, 그때 얼굴이 남아 있네. 기억이 나요" 하고 몇 번이고 말했고, 나 역시 "하나도 안 변하셨어요. 목소리도 그대로세요" 하고 인사드렸다. 아홉 살과 30대 후반으로 돌아간 두 사람은 서로를 마주하고 한참을 바라보았다.

그는 이미 준비해둔 책 다섯 권을 여기에 사인 좀 해줘요, 하고 꺼내놓고는, 나의 안경을 벗겨서 이리저리 매만졌다. 나는 민망해서 "아이하고 놀다 보니까 안경 코가 계속 휘어요" 하고 변명하듯 말하고, 책 다섯 권에 나의 이름을 적어나갔다. 과연, 책에는 한강문고의 도장이 선명해서 괜히 다시 울컥하는 것이었다. 어느새 나는 시력 검사 기계 앞에 앉아 있었다. 그는 "도수를 낮추는 게 더 잘 보이겠고, 난시도 조금 조정이 필요하겠고, 어디 이걸 한번 써보자" 하고는 새로운 렌즈를 내 눈 앞에 가져다 댔다. 갑자기 세상이 너무 밝아져서 나도 모르게 앗, 하고 반응하자, 그는 "됐네. 우리 밥 먹고 오자" 하고 나를 이끌었다. 동네 식당에서 밥을 먹으면서 우리는 한 동네에서 오래 살아온 사람들이 할 법한 이야기를 오래 나누었다.

안경점에 돌아와서 그는 완성된 안경의 렌즈를 정성스

럽게 닦기 시작했다. 내가 "사장님, 괜찮아요…" 하고 말하자 그는 "나는 여기에서 안경 팔아서 벌 만큼 벌었어. 이 안경은 지금 내가 쓰고 있는 것과 완전히 같은 모델이야. 렌즈도 글을 쓰는 사람에게 가장 좋을 만한 것을 골랐어. 정말 좋은 안경이지. 그러니까 계속 글 잘 써요" 하고 답하면서, 나에게 안경을 씌워주었다. 25년 전 볼에 닿던, 그 따뜻한 감각 그대로였다.

어느 동네에나, 그 자리를 오래 지켜온 가게들이 있다. 그곳의 아이들이 자라는 모습을 지켜보면서 자신의 노동을 해온 이들이 있다. 스마트안경점에서 내가 맞추어 온 것은 단순한 안경이 아니라 추억이었다. 그래서 그 사거리를 지나갈 때마다 괜히, "아, 우리 동네는 여전히 '잘' 있구나" 하는 마음이, 정말로 드는 것이다. 한강문고 역시 동네의 서사를 기억하고 보존하는 데 힘을 보태고 있다. 동네에서 함께 살아간다는 감각은, 그런 것이다. 모든 것이 여전할 수는 없겠지만, 나의 몸이 나이 들고 부수어지는 만큼 건물과 가게 역시 그런 부침을 겪겠지만, 그래도 그 사라짐이 어느 날 갑자기, 가 아니라 추억을 보존하는 방식으로 조금은 천천히, 시간을 두고 일어나기를 바란다. 새로움과 여전함이 공존하고 그 안에서 자란 모두가 안녕한 공간, 도시의 고향이 가져야 할 모습이다.

＊ 2019년, 스마트안경점이 있던 자리에는 으뜸50안경이
들어섰고, 13년간 망원동을 지키던 한강문고는 "시장 변화
와 오프라인 독서 인구 감소"로 2020년 폐점했다.

가장 맛있었던
찹쌀떡 한 개

해마다 11월이 되면 몇 년 전 대리운전을 하다가 손님으로 만났던 50대 남성이 문득 떠오르곤 한다. 대학 수학 능력 시험이 치러졌던 그날에도 나는 일을 하기 위해 거리로 나갔다. 오후 일곱 시쯤 이른 시간에 서울 관악구에서 경기 안양시로 가는 콜이 나왔다. 손님을 만나 인사를 하고, 시동을 걸고, 운전을 하고, 이제 5분 후면 목적지에 도착할 것이었다. 그때 뒷좌석에 앉아 있던 그가 "저어, 기사님 이것 좀 드세요" 하고 손을 내밀었다. 그의 손에 들린 건 찹쌀떡이었다. 그는 "제 딸이 오늘 수능을 봤어요. 이거 안양에서 제일 유명한 집 찹쌀떡인데 맛있을 거예요"라고 말했다. 그에게 고마움을 전하고 그 떡을 받아들었다. 일을 하다 보면

종종 먹을 것을 건네주는 분들이 있다. 어차피 잘 먹으면서 하는 일은 아니니까 고맙고 유용하다.

마침 그의 딸에게 전화가 왔다. 그의 한껏 들뜬 목소리만 듣고도 오늘 저 찹쌀떡을 가장 먼저 먹은 사람이겠구나, 하는 것을 알 수 있었다. 그래 고생했어, 잘했어, 아빠가 용돈 보내줄 테니까 친구들하고 맛있는 거 먹어, 그래 집에서 봐, 그래그래. 그는 자신이 오래 응원하고 지켜봐온 한 사람이 다시 한번 하나의 단계를 넘은 것을 막 확인한 참이었다. 아이가 처음 일어서서 걷던 순간, 처음 가방을 메던 순간, 처음 시험을 치르고 돌아오던 순간, 그 무수한 순간들, 그리고 지금. 운전석에 앉은 나는 그를 축하해줄 유일한 하객이었다. 그를 바라보는 나도 그만큼이나 마음이 고양되어 갔다.

전화를 끊은 그는 나에게 아이가 있는지를 물었다. 다섯 살, 두 살 아이가 있다고 답하자 그는 그들이 중학생이 되기 이전까지 많이 놀아주라고 말했다. 그러면서 오늘 딸과 함께 저녁을 먹고 싶었지만 친구들과 즐거운 시간을 보내라고만 했다는 것이다. 그의 목소리는 전화를 받을 때와는 다르게 많이 가라앉아 있었다. 그를 축하해야 할지, 위로해야 할지 잘 알 수가 없었다. 주차를 마치고 그에게 "따님이 잘되면 좋겠어요"라고 말을 건넸다.

내가 인생의 여러 단계를 지나오는 동안 그 과정을 응원하고 지켜본 사람들이 있었다. 우선은 당연히 부모님일 텐데, 나는 결혼을 준비하던 때가 되어서야 내 뒤에 항상 그들이 있었음을 비로소 떠올렸던 것 같다. 누구에게 들었는지 잘 기억나지 않지만 결혼식에서 축하받아야 할 사람은 신부와 신랑만 있는 게 아니라고 했다. 거기에 모인 사람들은 오히려 결혼이라는 단계까지 한 존재를 잘 키워낸 그 부모를 축하하고 위로하기 위해 왔다는 것이었다. 그러고 보니 인생의 어느 순간에도 나 홀로 도달하지는 않았다. 그래서 나는 이래저래 군말 없이 하자는 대로 했던 것 같다.

나는 그날 번화가로 걸어 나오면서 찹쌀떡을 먹었다. 가장 맛있는 떡집이라더니, 이렇게 맛있는 찹쌀떡을 먹은 사람은 시험을 잘 봤을 수밖에 없겠구나, 하는 마음이 될 만큼 맛있었다. 나의 아이가 수능을 볼 나이까지 잘 큰다면, 내가 다행히 그를 그때까지 잘 돌본다면, 나도 그에게 꼭 맛있는 찹쌀떡을 선물하고 싶어졌다. 그에게 전화해서 아빠는 괜찮으니까 친구들하고 좋은 시간을 보내고 오라고 말해줄 것 같다. 그러고는 그간 함께 그를 응원해온 사람과 서로의 고생을 나누며 맛있는 밥을 먹어야겠다.

그때는 코로나로 인해 물리적(사회적) 거리 두기 중이었다. 수능을 본 학생들은 아마 생각했던 이런저런 작은 일탈들을 하지 못한 채 집으로 돌아갔을 것이다. 어느 친구는 자신의 조카가 시험을 보았는데 언니가 맛있는 음식을 해두고 기다리고 있다고 했다. 그래서 그건 너무 좋은 일이라고, 함께 저녁을 먹어야 할 사람들이 저녁을 먹게 되었다고 친구와 함께 웃었다. 거리 두기는 안타까운 일이지만 서로를 감각할 소중한 시간을 부여받게 됐다.

국어교사모임 추천 도서지만
수업 시간엔 읽을 수 없어요

어느 고등학교의 국어 교사가 학생들과 시 수업을 할 시인
을 한 명 추천해달라고 했다. 나는 내가 아는 젊은 시인 K
를 추천했다. 그는 학교 폭력의 아픔을 가진 사람이고, 그러
한 폭력에 대한 천착을 계속 시도한다. 학교 폭력 근절에 대
한 관심이 많아서, 아니 반드시 그러해야 한다고 믿는 사람
이어서, 그와 관련한 시를 쓰고 학생들과 함께 낭송한다. 언
젠가는 집 인근의 학교 정문에서 학교 폭력과 관련한 자신
의 시를 학생과 교사 들이 학교 가는 시간에 맞추어 낭송
하고 있는 그를 보고, 그의 진정성이란 의심할 수 없겠다고
생각하기도 했다.

국어 교사는 나에게 취지도 참 좋고 기존 학교에서 좋

은 반응도 있는 시인이시니 문제없을 것이라고, 특강을 부탁 드리겠다고 말했다. K에게 그 소식을 전하자 그는 기뻐했다. 그러나 며칠이 지나서 교사에게 다시 전화가 왔다. 아무래 도 다른 시인을 모셔야겠다는 것이었다. 이유를 묻자 그는 교감 선생님의 허락이 떨어지지 않았다고 했다. K의 시 일 부 작품에 욕설이 들어 있는 게 문제였다. 학생들에게 욕설 이 들어간 시집을 읽힐 수는 없다는 것. 그 국어 교사에게 이 시인의 진정성이라든가 그가 학교 현장에 필요한 시를 쓰고 있다거나 하는 말을 굳이 하고 싶지는 않았다. 그건 결 정권을 가진 교감의 결정이고 여러 사정이 있을 것이다. 그 래서 예쁜 말로만 시를 쓰는 다른 시인을 추천해드렸다.

지난주에는 친구 국어 교사 C의 인스타그램에 다음과 같은 글이 올라왔다. 내용을 요약하면 다음과 같다.

C는 어느 작가의 소설로 국어 수업을 진행했다. 작가의 소속사에 메일을 보내 수업에 자료로 활용해도 좋다는 허 락을 받고, 출판사에 메일을 보내 2차로 허락을 받고, 따로 활동지를 만들고, 모둠 수업을 준비하고, 골든벨 퀴즈 대회 를 열어 학생들에게 사비로 과자까지 사 먹였다. 며칠 후 학 부모에게 민원이 들어왔다. 소설 중반부에 남자 주인공이 자위하는 장면이 있는데 어떻게 그런 걸 학교에서 수업 시

간에 가르칠 수가 있느냐고. C는 그 소설이 전국국어교사 모임 추천 소설이라고, 맨부커 상을 받아서 한국 문학의 쾌 거라고 몇 달 동안 떠들어댔던 한강의 《채식주의자》에는 형 부와 처제의 성관계 장면도 나온다고 말할 수도 없고, 학부 모 한 사람이 그럴 수도 있다고 생각하겠다고 했다. 그러나 교감이 그를 호출해 이번 학기 수업한 자료를 몽땅 가져오 라고 했고, 그 소설로 수업하는 이유는 뭔지, 한 명이라도 불편한 사람이 있으면 다시 생각해보는 게 낫지 않겠느냐 고 제안했다고 한다. C는 학생이 교사를 때려야만, 학부모 가 교사에게 욕을 해야만 교권 침해인지 물으며, 교사가 수 업할 권리를 존중받지 못하고 자신이 가르칠 텍스트를 검열 받는 상황 역시 교권 침해라고 인스타그램에 올렸다.

문학과 예술은 무엇이고 교사는 누구이며 학교라는 공 간은 어디인가. 욕설과 외설이 한 줄 들어갔다고 작품이 아 닌가. 교사는 유해한 사람이 되나. 학교는 밝고 따뜻한 것 만 다뤄야 하는 무균실인가. 오히려 자신의 자녀를 믿지 못 하고 교사를 믿지 못하는 그런 불안증이 아이를 약하게 하 고 학교를 망친다. C는 "그냥 교과서 출판사에서 준 CD를 틀어두고 그거 읽어주면 되는데, 내가 왜 그랬을까, 내가 괜 한 일을 했네"라고 말했다.

시인 K에게 그러한 이유로 특강이 취소되었다고 하자 그는 의외로 담담한 반응이었다. 한두 번 있는 일도 아니라는 것이었다. 교사 C와도 잠시 통화했다. 그도 이제는 괜찮다고 했다. 아이들이 많이 위로해주었고 자신이 사랑하는 그 방식으로 계속 일해나가겠다고. 2학기에는 박상영 작가의 〈재희〉(《대도시의 사랑법》, 창비, 2019)를 함께 읽겠다고 해서, 나는 함께 웃고 전화를 끊었다. C가 올린 글에 가장 많은 추천을 받은 댓글은 다음과 같다. "강릉 ○○고등학교 3학년 일동은 C 선생님을 응원합니다." 나도 C와 K를, 그리고 그들을 응원할 모두를 응원한다.

두 개의
글쓰기와 말하기

2020년부터 2022년까지, 작은 스타트업의 대표로 살았다. 이 일은 내가 했던 여러 일 중 가장 잘되지 않은 일이었다. 작가와 독자를 연결하는 서비스를 만들었으나 서비스 시작과 거의 동시에 코로나 19가 찾아왔다. 그 핑계를 굳이 댈 건 없으나 계속해서 적자를 봤다.

스타트업은 자금을 지원받기 위해 끊임없이 움직여야 했다. 어떤 회사인지, 무엇을 팔고 있는지, 그래서 이 사회에 어떤 선한 영향을 주는지 드러내야 하는 것이었다. 누구나 그렇겠지만 그 지원서를 쓰는 일은 괴롭다. "작가 출신이어서 이런 것도 금방 쓰시겠어요"라고 말하는 사람도 있었지만, 나도 이런 글쓰기는 해본 적이 없었다. 모 스타트업

대표가 "탈모약 원천 기술을 개발했다거나 하는 게 아니면 아마 안 될 거예요"라고 한 말을 종종 떠올리면서 계속 지원서를 썼다.

스타트업이 드러내야 할 것은 대표의 역량이기도 했다. "저는 별 게 없는 사람인데요"라고 하면 안 되는 것이어서, 나는 나를 드러내는 데도 익숙해져야 했다. 스타트업이라면 모두 지원한다는 큰 공모 사업에 지원했을 때는 AI 면접도 보아야 했다. 세상에, 면접이라니, 게다가 AI라니. 나는 회의실을 빌려 자못 경건한 마음으로 면접을 보는 링크를 클릭했다. 곧 내 얼굴이 모니터에 나왔다. 면접을 시작하겠다고 하자 첫 번째 질문이 약 30초 동안 표시되었다. "당신에게 역경을 주었던 순간은 언제입니까. 1분 30초 내로 답하세요."

사실 이런 질문은 작가로서 초청된 자리에서 항상 받는 것이다. "작가님은 혹시 가장 힘들었던 때가 언제이고 어떻게 이겨내셨나요?" 그런 질문은 대개 호감을 담은 표정과 말로써 나에게 도착하고, 시간 제한 없이 답하면 된다. 게다가 내가 뭐라고 답하든 그들은 대개 "고맙습니다" 하고 말한다. 그러나 AI 면접은 달랐다. 저 너머에 누가 있는지 알 수 없고, 표정이나 감정을 읽을 수 없고, 시간 제한도 있는 것이다. 하나의 이야기를 떠올린 나는 그에 답해나갔다. 점점 시간이 줄어들자 내 말도 빨라졌고, 결국 "그렇습" 하는 데서 녹화가 끝나고 말았다. 내가 면접관이라면 '부적합' 도장을 이때 찍었을지도 모르겠다. 자책할 틈도 없이 "그 역경을 어떻게 이겨냈습니까. 1분 30초 내로 답하세요"라는 문장이 떴다. 아, 세상에, 나 이거 못 이겨냈는데. 아니, 지금이 제 역경의 순간입니다.

AI 면접이 끝나고, 전에 없던 자괴감과 함께 노트북을 덮었다. 나만 이랬던 건 아닐 것이다. 나와 닮은 많은 스타트업 대표들이 '아, 코로나가 아니라 내가 문제구나' 하는 심정이 되어 일어나지 않았을까.

나는 그동안 쓰고 싶은 글을 쓰고 하고 싶은 말을 하면서 살아왔다. 정확히는 그래도 되는 자리가 계속 요청되고 허락되었다. 어느 강의실에 가면 나의 책을 읽고 온 수십 개의 기대하는 눈과 귀들이 그 자리를 채우고 있었다. 그들은 나라는 존재를 경청하고 내게 충분한 시간을 주었다. 신문·잡지에서도 당신이 쓰고 싶은 글을 쓰라고 지면을 주었다. 이게 당연한 일이 아님은 알고 있지만, 이것이 반복되고 "강연이 좋았어요", "글이 좋았어요" 하는 말을 듣다 보면 결국 그 소중함조차 익숙해지고 만다. 그러나 지금 와서 돌아보면, 그게 얼마나 기적 같은 일인지, 한 개인에게 사치스러운 일인지 알 것 같다.

스타트업은 2022년 가을에 완전히 폐업했다. 그 일을 하지 않았다면 조금은 더 나은 삶을 살고 있었을지도 모른다. 그러나 그로 인해 조금은 더 나은 사람이 된 듯하다. 어떠한 글을 쓰고 어떠한 말을 하며 살아가야 할지 알게 되었고, 무엇보다도 어떠한 삶의 태도를 가지고 살아야 할지도 알게 됐다. 결국 다정함을 쓰고 다정하게 말하고 다정한 태도로 살아가야만 한다.

지하철에서
가방을 잃어버렸다

가방을 잃어버렸다. 지하철 선반 위에 둔 것을 잊고는 그냥 내렸다. 10분쯤 걷다가 무언가 허전해서 돌아보니 항상 메고 다니던 가방이 없었다. 그러나 별로 걱정이 되지는 않았다. 상수역에서 나의 가방을 싣고 응암역 방면으로 출발한 6호선 지하철은 은평구를 순환하고 다시 상수역으로 돌아올 것이었다. 나는 어린 시절부터 지하철에 이것저것을 많이 두고 내렸지만 순환선인 2호선을 주로 탄 덕분에 한 바퀴를 돌아온 지하철을 다시 타고 분실물을 찾곤 했다. 이게 뭐가 자랑이라고 적고 있는지 민망하지만, 순환선에서 잃어버린 물건은 열차가 돌아 나오는 시점만 잘 맞춘다면 대개 찾을 수 있는 것이다.

그래도 할 수 있는 일을 하기 위해 마포구청역쯤을 지나고 있을 지하철의 위치를 감안해 새절역으로 전화를 걸었다. 11시 57분에 상수역을 지난 지하철에 가방을 놓고 내렸다고 하자 역무원은 나에게 "몇 다시 몇 번에서 내리셨나요. 그걸 모르면 찾을 수 없어요"라고 말했다. 기억하지 못한다고 하자 그는 나에게 인력이 부족해서 지하철이 멈추었을 때 그 자리만 빠르게 찾아보고 나올 수밖에 없다고 답했다. 그래서 나는 대략 7-4번쯤 되었을 것이라고 했다. 몇 분후, 역무원에게서 "가방이 없었다"는 전화가 걸려 왔다. 역마다 전화해서 찾아달라기도 미안해서 나는 그 지하철이 다시 상수역을 통과하는 시간을 물었다.

상수역에 도착한 나는 내가 2-1번에서 내렸다는 것을 알았다. 과연 새절역의 역무원이 가방을 찾지 못한 이유가 있었다. 나는 가방을 찾을 것을 자신하며 지하철에 올라 선반을 살폈다. 그러나 아무것도 없었다. 여덟 칸을 모두 돌아다녀도 나의 가방은 보이지 않았다. 그때서야 가방을 찾지 못할 수도 있겠다는 두려움이 몰려왔다. 무엇보다도 가방의 노트북에는 몇 달간 쓴 단행본 원고가 들어 있었다. 온라인에 문서 저장이 되는 클라우드 같은 것을 사용하다가 구독료가 아까워 갱신하지 않았는데, 그 몇 달치가 모두 날

아간 것이다.

역무원의 도움을 받아 지하철에 물건을 놓고 내린 사람이 할 수 있는 일들을 다했다. 6호선 유실물 센터에 분실물 등록을 했고, 합정역부터 응암역까지 10여 개의 역 사무실에 검은색 가방이 들어온 것이 있는지 물었고, 경찰서에 역 플랫폼의 CCTV를 확인할 수 있을지를 물었고, 그건 지하철 경찰대의 일이라고 해서 다시 거기에도 전화했다. 여러 역의 CCTV를 확인할 방법은 없고 각 역에 경찰관과 함께 동행해 요청해야 한다고 해서, 여러 사람을 고생시킬 그 방법은 그만두었다.

하루가 지나고, 가방을 찾는 일은 거의 포기했다. 그러나 대한민국의 분실물이 모두 모인다는 LOST112에 접속해선, 가방 같은 것이야 아무래도 괜찮아졌다. 거기엔 분 단위로 누군가가 잃어버린 가방, 지갑, 휴대폰 같은 것들이 사진과 함께 올라왔다. 심지어 "노상에서 주운 현금, ○○경찰서" 하는 것도 있었다. 잃은 사람의 마음도, 주운 사람의 마음도 그 한 줄에 모두 들어 있는 것이다. 물건은 사면 그만이고 원고는 다시 쓰면 그만이지만 이처럼 서로가 연결돼 있음을 일상에서 감각하기란 몹시 어려운 일이다. 가방의 비용은 그것으로 정말이지 충분히 보상받았다. 여기에 접

속하고 나면 모두가 같은 마음이 될 것이다. 다시 무언가를 잃어버리지 않기 위한 다짐보다도 당신의 무엇을 반드시 찾아주겠다는 심정이 되고 만다.

상수역의 역무원을 비롯해 가방을 찾는 동안 친절하고 다정하게 대해준 경찰, 공익 근무 요원, 분실물 센터 직원 등 모든 이들에게 진심으로 감사드린다. 가방은 잃었지만 덕분에 그보다 소중한 무엇을 얻었다. 그에 더해, 몇 달 동안 쓴 원고가 정말 별로여서 가방이 스스로 도망갔다고 믿기로 했지만, 그래도 누군가가 김민섭의 가방을 발견한다면 언제라도 연락 주었으면 한다. 응원하는 야구팀의 민트색 배지가 달린 검은색 백팩이다.

서로 외롭지 않은
출판의 방식

작가는 글을 쓰고 독자는 그의 글이 책으로 묶여 나오기를
기다린다. 한 권의 책이 완성되는 데 있어 작가의 역할은 적
극적, 독자의 역할은 수동적이다. 출판사와 인쇄소와 도매
상과 서점과 물류사의 손길이 더해져 한 권의 책이 전해지
면, 독자는 그때부터 리뷰를 쓴다든가 작가를 만나 독서 모
임을 한다든가 하고, 그 이전까지는 그저 '이 작가의 다음
책은 어떤 것이고 언제쯤 나올까' 궁금해할 뿐이다.

언젠가 모 작가에게 "저, 우리가 독자들에게 직접 메일
을 보내보면 어떨까요. 메일링 서비스 같은 것을요" 하는 제
안을 받았다. 구독자를 모으고 그들에게 직접 글을 보내주
는 구독 서비스를 해보자는 것이었다. 어, 음, 재미있을 것

같은데요, 하고는 왠지 둘이서만 하기엔 민망해서 주변 몇몇 작가들에게 "저…" 하고 연락을 했다. 그렇게 김혼비, 남궁인, 문보영, 오은, 이은정, 정지우, 그리고 나까지 일곱 명의 작가가 모였고, 3개월간 매일 한 편씩 매주의 주제에 따라 쓴 에세이를 구독자들에게 보냈다.

나의 글을 기다리는 수백 명의 구독자에게 글을 보내는 건 정말로 특별한 경험이었다. 고백하자면 그동안 내가 했던 글쓰기 중 가장 즐겁고, 편안하고, 설레는 것이었다. 구독자들은 메일을 열어보는 데 그치지 않고 그에 대한 감상을 답신으로 다시 보내왔다. 3개월 동안 모은 구독자 반응만 원고지로 1600매였었으니까, 작가들에게도 독자들에게도 이것은 전에 없던 소통이었던 셈이다. 모 작가는 "저는 이 연재를 한번 뇌의 주름이 시키는 대로 써보겠습니다"라고 선언하고는 정말로 그렇게 써나갔고, 자신이 주제를 정할 차례가 오자 "저는 뿌빳뽕커리로 하겠습니다. 이런 걸 해야 다들 새로운 글도 나오지 않겠습니까"라고 말했다. 그는 진지하고 아름다운 에세이를 잘 쓰기로 평판이 나 있는 작가였는데, 그가 보여준 세계는 그 뿌빳뽕커리만큼이나 '작가님, 맛은 있는데 이게 뭡니까' 싶은 것이었다. 나는 그도, 그의 독자들도, 3개월 동안 정말로 즐거웠으리라고 믿는다.

　우리는 언젠가부터 구독 경제 안에 자연스럽게 편입된 듯하다. 매달 얼마간의 돈을 지불하고 영화와 드라마를, 음악을, 책을, 그리고 샐러드와 사람까지 구독하는 시대가 됐다. 사실 구독이라는 형태는 이전부터 있어온 것이지만 최근의 여러 플랫폼을 타고 조금 더 우리의 삶에 가까워졌다. 작가들이 출간 전 연재를 하는 일은 이전에도 있었다. 개인이 운영하는 구독 서비스가 젊은 작가들을 중심으로 시도되다가 요즘에는 기업이 매니지먼트하는 형태로 자리 잡고 있다. 그러나 지금도 출간되는 책의 대부분은 공개되지 않았던 글을 출판사에 보내 편집자가 교정해서 공개하는 형태다.

　잠시 참여해본 것으로 쉽게 말하기는 이르지만, 작가들이 구독이라는 형태로 자신의 글쓰기를, 특히 한 권의 책이 탄생하는 과정을 공유해나간다는 건 책의 생태계를 확장시키는 멋진 시도가 될 것 같다. 독자들은 수동적인 역할에서 벗어나 자신이 좋아하는 작가의 책이 출간되는 데 적극적으로 참여할 수 있다. 책 한 권의 분량이 자신의 이메일함에 차곡차곡 쌓여가는 동안 그것은 개인의 자산이 되는 동시에 경험이 되고, 무엇보다도 작가와 함께 연결되어 있다는 감각이 남는다. 그가 지불한 구독료 역시 작가에게는 미리 받은 얼마간의 계약금보다도 글을 쓰는 데 훨씬 더 큰 응원이 된다.

일곱 명의 작가와 '책장 위 고양이'라는 이름의 메일로 함께한 이 글들은 《내가 너의 첫 문장이었을 때》(김민섭 외, 웅진지식하우스, 2020)라는 제목으로 출간되었다. 작가와 독자가 함께 적극적으로 참여한 책들이 많아졌으면 한다.

저의 서점에
와본 분들이 계실까요?

최인아 선생님으로부터 함께 글쓰기 강연을 하자는 제안을 받았다. 모 대기업 사원들을 대상으로 3회 차. 그가 사회를 보고 내가 강의 후 함께 대담하는 방식으로 하자고 했다. 너무나 감사해서 아, 네, 선생님 물론입니다, 하고 두 손으로 전화를 받을 지경이었다. 강연비만 해도 내가 그동안 받아온 액수의 배는 되는 것이었으나 그보다 우선 그와 함께 무엇을 한다는 자체로 기뻤다. 분명 무언가 배우는 게 있을 테니까.

그와 함께 우리나라 최고의 대기업 사원들 앞에 섰을 때는 가슴이 두근거렸다. 내가 잘할 수 있을까, 하는 두려움은 아니었다. 다만 그에게 좋은 모습을 보이고 싶었다. 김

227

래원이 나온 어느 영화에서 엑스트라가 뱉은 명대사처럼 '그래, 선생님께 깊은 인상을 남기는 거야. 할 수 있어' 하는 마음이 되었던 것이다. 최인아 선생님은 먼저 사회를 보는 자신에 대해 소개했다. 그러면서 "저의 서점에 와본 분들이 여기 계실까요?" 하고 물었다. 그는 최인아책방이라는 자신의 이름을 붙인 서점을 운영한다. 갑작스러운 질문에 사람들은 눈치를 보다가 수십 명 중 단 한 명만이 조심스럽게 손을 들었다. 그들도 민망하고 나도 민망하고, 누구보다도 민망한 사람은 그일 것이었다. 선생님, 사람들은 서점에 잘 가지 않아요, 선생님이 가장 잘 아시잖아요, 그런 건 왜 물어보셨어요. 나는 무언가 잘못되었다고 생각했다. 그러나 그는 웃으면서 말했다. "아직 저의 서점에 오셔야 할 분들이 이렇게나 많네요. 기쁩니다." 그 순간 강의장의 공기가 바뀌었다. 그래 가보면 되지 뭐, 하는 안도감. 그 한마디만으로 그곳의 모든 부정의 기운이 긍정으로 바뀐 것이다. 무슨 마법을 보는 듯해서 잠시 멍해져 있는 동안 그가 사람들에게 나를 소개했다.

나도 강연을 다니면서 사람들에게 많이 물었다. 혹시 김민섭 씨 찾기 프로젝트에 대해서 아시느냐고. 몇 년 전 〈경향신문〉의 지면을 통해서 많이 알려졌고 2022년 〈유 퀴즈 온 더 블랙)에 출연하면서는 조금 더 많은 사람들이 아는 이야기가 되었다. 이름이 같은 사람에게 항공권을 양도하면서 생긴 선한 영향력의 힘. 언젠가부터 몹쓸 자신감이 생긴 나는 이 경험을 말하기 전에 묻곤 했다. "혹시, 이것에 대해 들어본 분들이 계실까요?" 신문이나 방송에서 봤다고, 혹은 나의 책을 읽었다고 손을 들어주는 분들이 있으면 기뻤다. 그런데 언젠가 40여 명의 사람들 중 한두 명만이 손을 든 날이 있었다. 나는 그때 민망함을 잘 숨기지 못했던 것 같고, 다시는 묻지 말아야지, 하고 다짐했다. 그러나 최인아 선생님처럼 했다면 어떨까. "아직 저의 이야기를 들으실 분들이 이렇게나 많네요. 기쁩니다."

나를 아는 호의적인 사람들만 선별적으로 만나 말하는 건 쉬운 일이다. 그러나 나를 모르는, 호의도 적의도 없는 사람들을 만나 말하는 건 어렵지만 멋진 일이다. 나에게 한 시간의 시간을 주면 당신들을 나의 서점에 반드시 오게 만들겠다, 나의 책을 찾아 읽게 만들겠다, 적어도 나라는 사람을 기억하게 만들겠다, 하는 마음, 혹은 기회.

최인아 선생님과 세 번의 글쓰기 강연을 함께하는 동안 많은 것을 배웠다. 그는 단 하나의 말도 허투루 하는 법이 없었고 그래서 그의 조곤조곤한 말은 정확하고 선명하게 문제의 본질을 향했다. 마지막 강연이 끝나고 함께 점심을 먹으며 그가 말했다. 자신의 책방에서 정기적인 글쓰기 강연을 해보지 않겠느냐고. 그런 그에게 무조건 함께하겠노라고 답했고 2년 동안 7기째 에세이 쓰기 클래스를 운영했다.

이 글을 읽고 있을 당신에게도 묻고 싶다. 혹시 이전에 나의 글을 본 적이 있느냐고. 있다고 하면 깊은 감사를, 처음이라면 이렇게 나의 글을 읽어주어 기쁘다고 다른 종류의 감사를 전하고프다. 어느 상황에서든 나와 상대방을 부정의 늪에서 견인해낼 만한 선명한 말들이 있을 것이다. 작가이기 전에 한 어른으로서 그러한 글과 말을, 한 삶을 배우고프다.

에필로그

이 책을 쓰고 엮는 동안 다정함이란 무엇인가에 대한 질문이 계속 따라다녔다. 나름의 답을 하자면, 그건 나와 다른 타인에게서 나를 발견하고 사랑하는 사람을 발견하는 일이며, 그의 처지가 되어 사유하고, 그 이해를 바탕으로 서로의 잘됨을 위해 움직이는 행위이다. 그러한 선택은 어디에서 소멸되지 않고 누군가를 통해 연결되고 확장되어 반드시 다시 내 앞에 나타난다. 우리가 말하는 선한 영향력이라는 것의 실체가 여기에 있을 것이다.

우리는 조금 더 다정해야 한다. 정확히는 다정한 선택을 해나가야만 한다. 이 책에도 몇 번 언급된 93년생 김민섭 씨는 〈유 퀴즈 온 더 블럭〉이라는 프로그램에 출연했을 때, 유재석 씨에게 "당신의 삶은 다정한 선택을 한 이후 어떻게 바뀌었나요?"라는 질문을 받았다. 그는 "온전히 저만 잘되는 선택을 해야 할 때 좀 머뭇거려지기는 해요"라고 답했다. 나는 그의 말이 참 좋았다. 나는 사람의 본성에는 이기심이 있다고 믿는다. 이타심이라는 건 아마도 이기심이 충족되고서야 후행하는 본성인지도 모른다. 나도 내가 잘되는 길을 늘 고민한다. 타인이 잘되는 길을 먼저 고민하는 일은 내 인생에 없었다. 그러나 우리는 인간이기에 이기적인 선택을 하는 중에도 잠시 머뭇거릴 수 있다. 나만 잘되어도 괜찮은가, 저 사람들의 삶은 어떻게 될 것인가, 혹시 나와 닮은 저들과 함께 잘되는 길도 있을까. 그렇게 우리는 이기적인 선택을 하지만 이타적인 결과를 함께 고민할 수 있는, 동정할 수 있는 유일한 존재다. 그것만이 우리를 인간이게 한다. 이타적으로만 살아가는 사람은 없다. 만약 그런 사람이 있다면 그는 인류 역사에 몇 없는 성인이라고 불러 마땅할 것이다. 그러나 이타심은 이기심이라는 토대 위에서 자라날 수 있다. 나는 그것이 가장 건강한 형태의 현실적인 이타심이라고 믿는다. 나처럼 평범한 사람에게 이르러서는 더욱 그렇다.

이제 합리적인 답을 빨리해주는 건 기계들이 더 잘할

232

것이다. AI와 그걸 기반으로 한 무언가들이 계속 등장하고 있다. 우리 다음 세대들에겐 그러한 일이 더 심화될 게 분명하다. 그러면 사람은 어떻게 사람의 가치를 지킬 수 있을 것인가. 나는 사람은 사람만의 선택을 할 수 있기에 사람으로 남을 수 있다고 믿는다. 그건 정확히 '다정한 선택'이다. 이제는 다정함을 기반으로 사유할 수 있는 사람들이 필요해질 것이다. 다정함을 기반으로 문제를 해결하고자 하는 사람들도 필요해질 것이다. 기계를 사람을 위해 다정하게 활용하는 일이 중요해질 것이다. 결국 다정함이라는 가치가 그 어느 때보다도 중요해진 시대가 이미 오고 있다. 이 책을 읽는 당신과 나는 좀 덜 다정해도 잘 살아올 수 있었다. 나만 잘되어도 괜찮고, 우리가 먼저 잘되어야만 하고, 그러지 않으면 손해 본다는 것이 우리 시대의 욕망이었다. 그러나 다음 세대는 다를 것이다. 그들에게 다정함이란 가치의 영역이 아니라 지능의 영역이 될 것이다. 다정해야 살아남을 수 있구나, 다정해야 잘될 수 있구나, 하고 감각하게 되는 시대가 올 것이기 때문이다.

아홉 살, 열두 살이 된 나의 아이들에게 많이 하는 말, 아니 먼저 하지 않는 말이 있다면, 공부하라는 말을 일부러라도 잘하지 않는다. 대신 더 중요한 말을 한다. 친구들과 선생님들에게 먼저 인사하라고, 고마우면 "고맙습니다", 미안하면 "미안합니다" 하고 말하라고, 밥을 먹을 때 "잘 먹겠습니다", "잘 먹었습니다" 하는 인사를 꼭 하라고, 옆에 아무도 없어도 하늘에 대고 작게라도 말하고 먹으라고, 아빠도 그렇게 하고 있다고. 모든 언어는 사람의 태도를 만든다. 아이들이 좋은 태도를 갖게 되길 바랄 뿐이다.

언젠가 아내가 아이들에게 공부하라는 말을 좀 하라고 해서 그에게 말했다. "나는 이 아이들은 우리와 다른 세상을 살아갈 거라고 믿어. 착하게 살아가면 온 세상이 얘들을 먹여살리는 그런 세상에 이 아이들은 살아가게 될 거야. 그러니까 걱정하지 말고 착하게 잘 키우자." 물론 힘든 일일 것이다. 다정한 사람이 되게 하는 것도, 다정한 사람이 살아남는 세상을 기대하는 것도. 그러나 나는 실로 그렇게 믿고 있다. 그리고 그러한 세상을 오게 하는 것이 어른의 역할이 아닌가. 그런 세상이 오도록 힘껏 다정하게 살아가야 하고, 그래도 오지 않는다면 다음 세대에게 미안함을 가지는 것. 그게 지금 이 시대를 살아가는 좋은 어른들이 가져야 할 다정함이겠다.

93년생 김민섭 씨에 대한 뒷이야기를 여기에 조금 더

남겨두고프다. 그는 지난봄에 나를 찾아왔다. 수원에 사는 그가 강릉에 사는 나를 보러 왔다. 95년생 다빈 씨와 함께였다. 결혼할 사람이라고 했다. 그는 두 사람이 어디서 어떻게 만났는지를 말해주었다. 그린피스라는 환경보호단체에서 봉사 활동을 하다가 만났다고 했다. 그 말이 참 좋았다. 어느 기업에서 연봉을 얼마나 받고 있다는 말보다 훨씬 더 정확하게 "나는 그동안 잘 살아왔어요" 하고 말하는 것 같았다.

앞으로의 계획에 대해서도 말해주었다. 캐나다로 이주할 예정이고 대학원에 진학해 환경학을 공부하겠다고 했다. 이미 대학원에 합격했다고. 이유를 물었더니 "김민섭 씨 찾기 프로젝트 때문이에요"라고 답했다. 그 일이 있은 지 7년이 지났지만 어디에서 무엇을 하든 어떤 질문이 따라다녔다고 했다. 내가 이 사회를 위해 무엇을 해야 하지, 하는. 그리고 얼마 전 마음을 정했다. 기후 위기가 심각해지고 있는데 내가 환경학을 공부해서 그것을 해결하는 데 기여한다면 나를 도와준 사람들이 행복하고 안전하게 살아갈 수 있지 않을까, 디자인을 공부했으니 환경학을 공부해서 이산화탄소를 덜 배출하는 건물을 디자인해야지, 하고. 나는 그의 말이 고마워 그의 선한 얼굴을 계속 바라보았다. 그는

30대 초반이 되었고 자신의 진로를 명확히 해야 할 나이가 되었다. 그런데 나도 중·고등학생 때부터 진로에 대한 고민이 많았지만 그건 대개, 저 직업은 연봉이 얼마인가, 전망은 어떠한가, 정년 보장은 되는가, 하는 것들이었다. 이를테면 이기적인 고민만을 했던 것이다. 물론 93년생 김민섭 씨도 그랬을지 모른다. 건물 디자인은 전문적인 일이고 연봉도 높을 테고 환경학도 전망이 좋은 공부 중 하나이니까. 그러나 이기적인 고민만이 있었다면 건물을 디자인해서 돈을 많이 벌겠다, 는 데서 그쳤을 것이다. 그는 거기에 이타적인 고민 한 줄을 더했다. 그때 그의 진로는 이산화탄소를 덜 배출하는 건물을 디자인해 사람들의 삶에 기여하고 싶다는 것으로 바뀌었다. 결국 그런 것이다. 우리는 이기적인 고민을 치열히 해야 하고, 거기에 이타적인 고민을 한 줄 더하며, 다정한 선택에 이르게 된다.

지난봄에 열린 93년생 김민섭 씨의 결혼식에서 축사를 읽었다. 자꾸 눈물이 나서 이런 건 다신 하지 말아야겠다고 마음먹었다. 축의금은 얼마를 해야 할지 며칠을 고민했다. 왠지 많이 해야 할 것 같은데 얼마나 해야 하나. 결혼을 앞둔 그와 전화하다가, 장학금은 많이 받았는지 물었다. 대학원은 적게라도 장학금이 나오고 이공계 쪽은 전액 장학금도 많이 나오는 것 같으니까. 그러나 그는 조금 어두워진 목소리로 하나도 못 받았다고 답했다. 전화를 끊고 다시 한참 고민하다가, 첫 학기 등록금이라고 했던 700만 원을 그의 계좌로 보내주었다. 그에게 전화가 왔다. 왜 이렇게 많이 보내셨느냐고. 그래서 답했다. "제가 드리는 돈이 아니에요. 몇 년 전 당신의 졸업을 도와준 사람들이 당신의 입학 이유를 듣고 다시 한번 다 돕고 싶었을 거예요. 함께 드리는 돈이라고 생각해주세요. 어차피 그때 그분들과 함께 번 돈입니다."

만약 그가 디자인이 좋아서 멋진 건물을 디자인해 돈을 벌어보겠다는 마음으로 대학원에 가는 것이면 나는 등록금을 내주는 일 같은 건 하지 않았을 것이다. 그러나 이산화탄소를 덜 배출하는 건물을 디자인해 우리의 삶에 기여하고 싶다는 말을 들었을 때, 그도 아직 '당신이 잘되면 좋겠다'라는 여러 사람의 마음을 붙잡고 살아가고 있구나, 아직은 이 이야기를 놓을 생각이 없구나, 하는 것을 알았다. 그의 다정한 선택을 응원하고 싶었다.

93년생 김민섭 씨는 어떤 사람이 될까. 그러나 그가 어떠한 사람이 되지 않아도 괜찮다. 그가 그러한 마음으로 살

아가고 있다는 그 사실에서 나는 우리가 다정함을 지속해
야 할 이유를 찾는다. 여전히 그의 잘됨을 바란다. 그리고
이 책을 읽고 있을 다정한 당신의 잘됨을 바란다.

2025년 1월
김민섭

우리는 조금 더
다정해도 됩니다

우리는 조금 더 다정해도 됩니다

초판 1쇄 발행 2025년 1월 6일
초판 3쇄 발행 2025년 2월 17일

지은이 김민섭
발행인 김형보
편집 최윤경, 강태영, 임재희, 홍민기, 강민영, 송현주, 박지연
마케팅 이연실, 송신아, 김보미 **디자인** 송은비 **경영지원** 최윤영, 유현

발행처 어크로스출판그룹(주)
출판신고 2018년 12월 20일 제 2018-000339호
주소 서울시 마포구 동교로 109-6
전화 070-5038-3533(편집) 070-8724-5877(영업) **팩스** 02-6085-7676
이메일 across@acrossbook.com **홈페이지** www.acrossbook.com

ⓒ 김민섭 2025

ISBN 979-11-6774-184-4 03810

만든 사람들
편집 홍민기 **교정** 김혜미 **디자인** 박연미 **표지 그림** 김수진